ブラジル文学傑作短篇集

ブラジル文学傑作短篇集

岐部雅之編

水声社

本書は、武田千香の編集による
《ブラジル現代文学コレクション》
の一冊として刊行された。

目次

アニーバル・マシャード

タチという名の少女

——ヒベイロ・コウトへ捧げる

もうだめだと思ったタチは、地面に差し込む太陽の光を掴むのを諦めた。光に触れず、指はいたずらに土を引っ掻くだけだった。

次は水に惹かれた。水槽から一かけらでも掬い上げてみたかったが、両手で汲んだ水は小さな指の間をすり抜けてキラキラと零れ落ちていく。水面になんの跡もないっ！

水を掴んで、水の不思議を感じようとして、タチは初めて水で遊ぶ。すっかり夢中になってしまい、「ほら、タチったら！ そんなことやめなさい！」と窓から大声で言われても、彼女の耳には届かない。

すぐに風が吹き始める。ところが、水と違って風はいつでもどこでも吹いていながら、掴むことはもちろん、目に見えないことも、タチは知っていた。風なんてっ！

階段を上る前に、香水をつける大人の真似をして顔や服に水をササっと振りかける。

夜、マヌエラはベッドに倒れ込むと、水で頭がいっぱいの娘になにを訊かれても返事すらしない。掛け布団の下に潜り込んだタチは、車とアヒルのおもちゃをブツブツねだっていた。ほかの子どもが持っていたものと同じものが欲しかった。

「ママぁ、アヒルさんを持ってた男の子わかる？　こんなにもお菓子を食べててね、びっくりするよ！　銀紙もかわいかった！　ここのみんなは飴もいっぱい食べてる」

「タチ、寝なさい」

「ここはいいところだね」

「寝なさい……」


高層マンションがなかったら、一面に広がる海が見渡せたのに。そのときマヌエラが思い出していたのは、引っ越して来る前の郊外で、タチの周りにいた遊び友だちのことだった。砂埃の中に、靄の中に、暗夜の中に消えていく大勢の子どもたち。寝ないといけなかったのは、むしろお針子の母親だ。疲れ切っていたので、部屋の後片付けは明日にならないとできない。この町は六年前とはすっかり変わった。あの頃は裕福な家を相手に針仕事をし、お腹の中にもうタチがいた。あの男は結婚してヨーロッパに行ってしまった。こんな悲しいことを考えたって、一体なんになる？

「ママ、このざざぁって音は海でしょ？」

「そうよ。だから怖がらなくてもいいの。寝なさい」

母親は分かっていなかった。タチは怖がるどころか、早く朝が来て、砂浜まで駆けて波のそばに居たいと心を躍らせていたのだ。母親は眠っていたが、暗い部屋の中でまだ目が冴えていたタチはここではないどこか別世界にいるような心地だった。郊外を走る列車は通っていなかった。暗闇の中で大きな海の音がすぐそばで聞こえると、部屋が航海しているような感じだった。

翌朝、タチが目を覚ますと、一条の光がお針子の身体に差し込んでいた。タチは母親が起きるのをじっと待っていたが、揺すって起こす代わりに、ついうっかりといった調子で物音を立て始めた。訊きたいことが積もりに積もって、待ち切れないでいたのだ。マヌエラの体は白い城壁のようにベッドを二分していた。反対側に楽園があると思ったタチはぴょんと跳び越えた。嬉しくて笑った。もう一回やろうと腰のくびれたところから身体の丘を跳び越えた。なんてこと！　これでもママは起きない。ママはすごい。目を覚ましそうになったので、大喜びのタチは顔を押さえてキスをし、勢いよく言葉をかけた。

「ママ、アヒルの赤ちゃん産んでくれる？　わたし先に起きてて、もう廊下の向こうの遠いところまで行って来たよ。このお家かわいい。いまから海を見に行っていい？」

そう言うが早いか、子どもの小さな姿は底引き網の漁師たちの中に消えて行った。

この町に女の子が一人増えた。近所の人たちは彼女の髪の毛の束を求めたり、ちょっかいを出したり、店で売れ残った果物をあげたりした。母親はタチが誘拐されたのではないかと、二度ほど心配した。バスの運転手たちはマスコットのようにかわいがった。マヌエラは初めこそ落ち着かなかったが、じきに慣れた。

「ちゃんと聞いて。網の中へ潜り込んだら、そのうち漁師さんに踏み付けられて、魚だと思って籠に入れられるんだからね」

タチはじっと聞いている。籠に放り込まれて、魚と揉みくちゃにされるなんて！

「そしたらどうなるの？」

「そうしたらね、お客さんに売られちゃうよね」（タチはびっくりして胸が締め付けられる。泣き出しそうになりながら、捌かれて揚げ物か煮物にされるか、自分のこれからを想像する）「それで、大きなパイになって食べられるか、マヨネーズにされるか。そのうち分かるわ」

二人の少年が歩道でなにかを叫び、タチの不安は途切れる。転げるように慌てて階段を降りると、下から声を上げる。

「売られないもん、ぜったい！　そうでしょ、ママ？」

人形たちを空き地に集合させる時間になった。子どもたちが気味の悪い人形を脇に抱えて、おずおずと集まって来た。一番要領のいいタチが大家族を作ろうと並べていく。黒人の布人形が、陶器の白人の人形、先住民や混血の藁人形と一緒にされていた。離れた場所で人形を持っていた女の子が輪に加わった。一方、マンションの七階にいる独りぼっちの女の子は羨ましそうに眺めるだけだった。下にいる子どもたちが彼女に向けて手招きする。

「一緒に遊ぼうよ、ねぇ！　おいで！」

お母さんがお出かけするときに、遊びに行かせちゃだめだって子守係に言ってたの。女の子は遊びたくてたまらなかった。遠くではしゃいでいた男の子が大笑いする。

「あれを見ろよ、頭がないぞ！　気持ち悪いな！」

去年窓に挟まれて頭が取れてしまったジェレのことだった。この人形は大家族の真ん中には置けないが、タチは特別な想いを寄せていた。ボロボロで中身が飛び出し、犬たちに引きずられ、雨で何度もずぶ濡れになり、ごみ箱から救い出された。ジェレとは年齢もほとんど同じで、いつも一緒にいる友だちだった。

「ちょっと待ってて！　いまから頭を取って来る」と言って、タチは急いだ。

頭は見つからなかった。マンションの窓から、独りぼっちの女の子が素敵な人形を見せていた。下まで来たら、大家族の真ん中で女王様になる人形だった。おしゃれをしたその子が身動きせずにいると、どちらが人形なのかはっきり見分けもつかない。タチは戻って来ると、ジェレって、やっぱり頭が取れたり、足や腸が取り替えられたりするんだって、と言った。

「この腕のところね、見て分からない？　くっつけたのママなんだから。もうすぐ本当の赤ちゃんを産むんだ。パパが帰ってきたら、頭をくっつけてくれる」

「お父さんいるの？」

「そりゃあ、いるでしょ。いっぱいいるんだから」

子どもたちが笑うと、タチは戸惑いを覚えた。

「お父さんは一人だけだよ、おバカね！」金髪の女の子が言う。

パパがたくさんいるのはお得ではないのかと、タチはしばらく考えた。それなのに、子どもたちの笑いは一向に収まらない。そのとき、パパというのはきっと一人しかいないものだと思った。だとしたら、自分のパパは誰だろう？　ヴィセンテさんかな、うん。何度もニテロイに連れて行ってくれたし、おもちゃも買ってくれたし、見本市にも誘ってくれた。世界で一番いい人だ。

でも、ちょっと待ってよ。パパはずっと前に旅に出たとママが言っていたような。旅に出たのか、死んでしまったのか、よく覚えてないけど。パパみたいな人はほかにもいたけど、すぐいなくなって、みんな忘れてしまった。仲良くなって日曜日にお出かけしたこともあったけど、もうほかの女の子のパパになってて、わたしの相手なんてできなかった。でもやっぱり、パパは必要だと思う。お友だちにはみんなパパがいるんだし。毎朝早くに家を出て、夜はいろいろ詰まった袋を提げて帰って来る。あの袋にはきっとお菓子が詰まっている。だとすると、パパはさっき思い浮かんだヴィセンテさんね。

「わたしのパパはヴィセンテさんだと思う」おどおどしながら言った。

子どもたちはニヤニヤしていた。

「自分のお父さんも分からないの？　どういうこと？」

答えに詰まったタチは、ママならぜんぶ知っているはずだと、走って家に帰ろうと思った。高層マンションの下を通り過ぎるとき、上から投げ落とされたお菓子の空箱を拾って嬉しくなった。ママの説明を聞いてもなにも分からなかったけど、それで良かった。

「そうね、パパはね、戻って来るのかどうか」マヌエラは言う。「そもそも、なんのためにパパがいるの？」

「ほかのみんながいっつも……」

「タチのお人形さんにパパはいる？　いなくても平気でしょう」

タチは分からないままで良いと思った。うん、そうだ。お人形さんにパパはいらない。ママがいるんだから。わたしっていう。

玄関口には小さな女の子がジェレとカロリーナを抱いていた。おもちゃの中に忘れられていた二つの人形。カロリーナの腕が腫れていた。

「ママ、カロリーナが森でサソリに噛まれちゃったみたい。海に行ってもいい？　赤ちゃんが生まれたら、連れて行って遊ぶからね！　いいよね、ねぇ、ママ。カロリーナも一緒に」

一時間後、タチは全身砂まみれの姿で泣きながら帰って来た。低空飛行の飛行機に頭を飛ばされそうになって怒っていたのだ。

「ママ、ぜったいにわざとやったんだよ。ぜったいに。バカだと言ったら、もっと怒って戻って来たの」

戻って来た飛行機に気づいたとき、タチと黒人の少女ズリは砂浜に身を伏せた。あいつがまた低く飛んで来たから、真上にいるのが巨大な鷹みたいだった！「ママ、あれは気味が悪かったよ！」

友だちがみんな学校に行き出すと退屈な時間が訪れた。どうしようかな？　遊びたがっている子がいない。染物屋の子は引きこもって、ろくにものも言わない。タチの遊び友だちはズリだ。二人は砂浜にサヤインゲンとトウモロコシを植えていた。本物のサヤインゲンとトウモロコシ。タチは物をいっぱい詰め込んだカバンを背負って、学校に行きたいとも思っていた。いや、学校はそれほど大したことはなく、いろんな物を入れたカバンの方が大事だった。玄関前でずっと落書きをしながら一人で勉強していると、生まれて来る赤ちゃんへの手紙を書こうと思いつく。早くおいで、新しいこの町は素敵なところだし、海が目の前にあるんだよ。自分流に国歌の出だしを口ずさんでは、学校にいる姿を思い浮かべていた。

「ママを呼んでくれないかしら」玄関まで来た客の女が訊ねる。

「できない」

「どうしたのよ、こんなにお利口さんなのに！　呼んで来て」

「お勉強してるの！」

顔をしかめた。しばらくすると、拾い上げた紙を手渡す。

「そこに書いてあるもの見てよ」（その女は書き殴られた紙を適当に読み上げようとする）「そのとおりにわたしが書いたんだから！」タチは立ち上がって得意げに叫ぶ。

そう言うと、すぐに二階へと上がって行った。

「ママ、一人で字が書けるようになったよ。どうやってするか分かる？　こうやって紙に鉛筆をこすらせて、ちゃんとね。ほら、簡単にできるでしょ！　これを読んでみて」

母親が笑顔で紙に目を落とすと、タチに訊ねる。

「で、これはなに？」

「それはブラジル」タチはその紙をまた掴んで、床に寝そべって作業を続ける。「ママ、そういえば下で女の人が呼んでた」

「どうしてすぐに言わないの？」

「忘れてたんだもん」

タチが大人しくなるのは眠っているときだけだ。それでも、顔を触られるとほころんだ。太陽のようにいつも笑いながら朝を迎えていた。タチのことを訊かれると、母親は「さぁ、どこかで飛び跳ねてるんじゃないの」と答えたものだ。

近隣の人たちは「あなたそのうち娘を失うことになるよ。このあたりの運転手はなにも考えていないし、トラックだって突っ込んでくるんだから！」と言って、マヌエラを不安がらせていた。なにができるって言うのよ？　娘を見てくれる人なんていないんだから。つないでおくって言っても、そんなことできるわけないし……。

タチの遊び場は高層マンションの左側の通りだった。上からいろんな物が降って来る夢のようなところ。その秘密を知ってからというもの、タチはわくわくしながら何時間でもそこで過ごせた。マンションの中にはプレゼントの包みがどんどん吸い込まれていった。あの中はみんなが賑やかにしている楽園みたいなところなのかな。カラフルな紙の雲が落ちて来たときには、嬉しくて急いで手に取った。いつも左側の通り。金髪の女性が、いらなくなったものを投げ捨てていた。妖精に違いないその人は、あるとき、タチの足元をめがけて小さな人形と空の香水の瓶を投げた。マンションの反対側の草むらでブラジャーを拾って、腰に巻き付けて家に帰ったこともあった。みんながじろじろ見るから、変な気がした。ほかにも、ゴム製のスポイトを持って帰ったら、ママにすぐ取り上げられてしまったけど、なぜかは分からなかった。ママは素敵な人だけれど、つまらないこともたくさんする。スポイトがなんだっていうの？

マンションの左側から、なにも落ちて来なくなってしばらく経つ。妖精がどこかに行ってしまったのだろう。金髪の姿が見えるまで、ズリとケンケンパをして遊ぶ。遠くにあるポン・デ・アスーカル

〔リオデジャネイロ市の観光名所のひとつ。グアナバラ湾に突き出た半島にそびえる花崗岩の「山」〕を眺めて、縄跳びをしながら言う。

「いつかあそこに登る」高層マンションの八階を見て「ここはもうだめ。わたしがポン・デ・アスーカルに登ったら、船が下を通るたびに石を投げるつもり。ママを捨てて、船でどこかに行った男の人がいるから」

あの高層マンションから、おもちゃが落ちて来ることはもうなかった。タチの穿いているズボンは乾き、海からは冷たい風が吹いていた。

翌日、まだなにかあるかもしれないと期待して戻ってみた。ところが、妖精の住むマンションの上の方を見ることができなかった。頭が痛かったのだ。

近所の人の叫び声がマヌエラの耳に届く。死んだ娘を見たくないなら、急いで連れ帰って！　青果店で働くポルトガル人女性は手で顔を覆って目を逸らす。

「捨てられた子みたい……」

行き交う運転手はタイヤの音を鳴らしながら巧みにハンドルを切り、タチは道の真ん中あたりでずっと眠っていた。降りて来たマヌエラが娘を抱き上げると、熱を出して息苦しくしていた。服を着替えさせて、顔をきれいに拭いた。

今回はバスに乗っても楽しくなかった。あたふたと家を出たのでカロリーナを持って来る暇もなかった。大慌てで町まで連れて行かれたのだ。バスから降ろされると、あっという間にエレベーターに乗せられた。瞬く間にシーツにくるまれ、注射を打たれて、扁桃腺を取られた。数日後、なにが起こったのか記憶も曖昧になったけど、自分の体を掴んでいたエプロン姿の乱暴者二人と、口から容器に滴る血のことはうっすら覚えていた。ほんとに頼りになる優しいママが、どうしてあんな荒っぽいことを許したのか分からなかった。毎日もやもやした気分で、静かに泣くこともあった。でも、ママからいっぱいアイスクリームをもらうと、いつものママだと納得した。ほかの子どもたちに自分の冒険を自慢げに語った。

「もうお母さんのそばから離れないでよ、分かったわね」

タチはアイスクリームをもっとくれることを条件に受け入れた。彼女の居場所が窓際になった。おとなしく何時間も地上の様子を眺めた。あれはなにが面白いの？　退屈な日曜日！　どんどん大きくなる波が砂浜で水しぶきを上げるのを見た。

「ママ、さっきビルの高さの波が来たよ。家が流されるかもって思った」そのまま様子を眺めていたが、なにも起こらず、人影もなかった。「ママ、黒い服の男の人が上がって来る！」と突然叫んだ。

マヌエラはミシンの音や娘の声よりも心の中のざわめきが気になっていて、なにも返事をしなかった。時間が過ぎ、うんざりした思いがのしかかる。海でさえ眠っているようだった。タチも窓枠に寄りかかって眠りかけていた。すると彼女の声がする。

「ママ、ママってば！　ちがうの黒い服の人が下りてった……」一呼吸を置いて「なんだか面白いね」

マヌエラは心ここにあらずの状態で、ミシンも止まっていた。窓の方から聞こえて来る叫び声が大きくて驚く。

「ママ、ママぁー！」

「なに、どうしたの、タチ？」娘が飛び降りるのではないかと心配して、恐る恐る部屋に入った。

「ママ」タチは声を落としながら訊ねる。「わたしはいつになったら大人になるの？」

窓の向こうの水平線を指さして、言葉を続ける。

「あっちにはなにがあるの？」

「ずっとずっと海よ」

「その向こうは？」

「その向こうはアフリカ」

「じゃあ、あっちは？」

「あっちはチジュッカよ」

「ちがう！　わたしが知りたいのは、ずっとずっとあっちにあるものだって」

「ああ、それはもう分からないわ。お母さんはね、まだお仕事があるの」

「じゃあ、あっちの方は？」反対側を向いて、また訊ねる。

「ブラジルがまだ続いて、その向こうは北アメリカ」

「それじゃ、この世界はどこにあるの？」口調が強くなる。

「わあ、おバカさんなのね。世界はこれ全部でしょうよ」

家に閉じ込められてなかったら、砂浜でトンネルを掘ったり、ままごとをしたり、それから高層マンションのエレベーターで上がって、ママの言う世界をもっとよく見るのに。でも、その日のママは機嫌が悪くてなにもさせてくれず、ベッドに寝かせられた。じっとしてても眠れず、あれこれ想像してまた訊ねる。

「ママ、ゾウさんの子どもって、初めからあんなに大きいの？　どうして動物はしゃべらないの？　ゼキーニャって誰か分かる？　いたずらっ子の。この前、わたしのスカートを引っ張ろうとするから、グーで叩いたの。わたしだって強いんだから。そうよね、ママ？　わたしより力持ちなのはヴィセンテさんだけど、ポパイはもっとすごいね。神様の力なんて言わなくても分かる。ママ、聞いてる？」

話をしてくれないのは、ママの悪いところだと思う。相手が大人のときは裁縫とか、病気とか、つまらないことだって話すのに。ママの胸に飛び込むと、温かかった。


海に行きたくて、いつも夜明けを待っていた。海に夢中で、そのことだけで頭がいっぱい。一日中眺めて、音を聴いていたかった。ママのような憧れの存在だった。どうしてなのかよく分からないけど、ママと海は似ていた。大きくて、強くて、柔らかい。急に怒ったり、その気になれば殺せたりできるところも。ママだって神秘的だった。今みたいにそばにいれば守られて安心だった。反対に、海は怖かった。ああ、ほんと嫌だ……。

「遠くに行って遊んだらだめだからね」マヌエラは娘を諭す。翌朝の太陽が砂浜を明るく照らしていた。

娘は遠くに行かなくても、畑ごっこで楽しくできると答えた。黒人の女の子ズリと一緒に空き地の隅に小さな穴を掘って、トウモロコシとサヤインゲンの種を蒔いた。洗濯屋の女が根付くよと言う。

そうして日が過ぎていった。

「ママ、お出かけのとき連れて行ってくれる?」

楽しみなのはショーケースを見ること。前はその中にあるもの全部ほしいと思っていたから、みんながなんであのキラキラしたものを盗らないのか不思議でしかなかった。ママの指を握りしめながら、そうしちゃいけない理由を訊いた。フルーツ、おもちゃ、きれいな物が並べられた眩しいショーケースを見れば見るほど、どうぞと言わんばかりに引き込まれそうになる。ママの言うことには説得力がなかった。

「ママ、この世界にはなんでもあるんだね」

チーズの棚に感動して、どんな木になるのか訊いてみる。本物の人間そっくりのマネキンに苛々して、石を投げつけたくなった。ママが買い物から戻って来ないので、石畳の歩道でケンケンパをして遊んだ。急ぎ足の人の波に押されても気にせず、どんどん離れて行った。わあどうしよう、ママが入ったお店はどれだっけ? 遊びにのめり込んでいるうちに遠いところに来てしまった。それにしてもママは遅い。どのドアから出て来るかな? 迷子になったと思って不安に駆られ、助けを求めて叫ぼうとしたとき、こわばった手が伸びて来てつねられた。こわばった顔のママが立っていた。涙が出る。泣きながらミニカーがほしいと言うと、つねられて泣いているのか、おもちゃを買ってもらえずに泣いているのか、ママは分からない。財布の中を見ると、お金が足りないみたい。小鳥屋のドアの前でうっとりしているわたしを引っ張る気力もない。カナリアが鳴いたり、飛び回ったりしていた。

タチが物欲しげにさっと選ぶ。

「ママ、あれがいい。あの大きいのが」

水槽に小さなお魚さんがいる！

「わあ、すっごくかわいい！　こんど買ってくれる、ママ？」

タチは水槽の前で息をするのも忘れそうになる。

その先にあるお医者さんの入口に来ると、手術をしてもらった「アルメイダ先生の臭い」を思い出す。

ママの顔をおずおず見上げる。またなにか痛いことでもされるの？　なにもしゃべらずにいると、ママは通り過ぎてお店に入っては店員さんに声を掛けて、安くならないかと言い合っている。危なかったと、ほっと一息ついた。ママはいつもおしゃれで凛としていて、男の人に見られてもしっかりしてるから、町のごちゃごちゃしたところでも全く変わらない。

ママって、ほんとにすごい！　憧れのママ。近所の女の子たちが、一番おしゃれで一番きれいなママは誰かと言うことがあった。華やかな服を着た大人が歩道で立ち止まると、女の子が大声で自慢する。

「ねえ、あそこにいるの私のお母さんなの！」

その人からは香水のいい匂いがしていた。周りの子たちはすっかり目を奪われていたけど、こちらは遠慮がちにじっと見ていた。ふと笑顔になって叫ぶ。

「でも、あの服を作ったのはママだからね」

「なによ、でたらめ言って！」

「ちがうもん！　見ててよ」大通りを渡って、訊ねる。「あの、その服を作ったのはママでしょ？」

財布と鼻眼鏡と手袋を気にして、戸惑いを隠せずにいる。

「あの、それ作ったのママでしょ?」

バスが止まると、その人は少し動揺したまま足早に乗り込んだ。

「ママよね、ぜったいママよね!」バスの後ろから叫ぶ。

喧嘩にならないように、娘を部屋に閉じ込めた。タチがこんなに長い時間静かにしているのはおかしいと思って様子を見に行くと、鏡の前でヘアピンを留め、女優のようにルージュを塗り、それらしく手をひらひらさせていた。笑い声を上げると、タチは夢から覚めて驚きのあまり泣き出してしまった。むずかって大泣きした。毎日が退屈になろうとしていた。人形はボロボロになって、お友だちの姿も見えない。お腹が空いてるの? いや、眠いのだ。

数時間して目を覚ますと、ママと女の人の変な話し声が聞こえてきた。なにを話しているのか訊いても、ママは大人になったら全部教えるからとしか言わない。

自分が大人になったら、たくさんいろんなことが分かるようになるんだ。


朝、乳母たちは赤ん坊を乗せた車を押していた。タチはそばに寄って小さな子たちを撫でようとしたが、手が汚れていて追い払われてしまった。仕方なく海で遊ぼうと思っていたら、砂浜から急に子どもたちの姿が消え始めた。乳母たちは車を押して通りを渡ると、慌てて建物の中へ逃げ込んだ。ベンチに腰掛けて赤ん坊の隣で縫物をしていた乳母たちも、立ち上がってその場を離れる。こうして誰もいなくなった。殺人鬼フェブロニオ〔フェブロニオ・インジオ・ド・ブラジル(一八九五―一九八四年)。リオデジャネイロの凶悪な連続殺人犯で、強盗や窃盗など数多の犯罪に手を染めた〕が脱獄し、あの界隈をうろついていると誰かの声がした。空が瞬時に暗くなり、風で波が荒立っていたことも、不気味だった。窓がガタガタ音を立てて閉まる。殺人鬼は子どもを捕まえようとその辺をうろついているはずだった。

八月の
風が吹いている
フェブロニオがやって来る
逃げろ、みんな！
窓を閉めて
フェブロニオが来てしまう
気が狂ったやつが来てしまう
もじゃもじゃの髭
激しい風に吹かれながら
逃げろ、みんな！

ポツンと一人きりになったタチは、海からなにか来るのかと思った。なにが来るかなんて、ぜんぶ分かる人なんているの？　子どもの姿が見えなくなると、捨てられた気分になって涙が出そうになる。波に追いかけられて、水に突き飛ばされそうな感じがした。

「フェブロニオがどこかにいるから！　急いで家に帰りなさい！」小間使いが叫ぶ。

「タチ、どうしたの？」怖くて顔が真っ青になった娘を見て、マヌエラが訊ねる。

「ママ、フェブロニオが。あのフェブロニオが逃げ出したって。こわいお化けなんだよ！　抱っこしてくれる？　ちょっとだけでいいから」

マヌエラはなんとか抱きかかえはしたが、お腹の子が邪魔をして上手くできなかった。


ある日、わたしがなにも言わないのに、大人たちから外に遊びに行くよう言われた。家に戻ると、よく知らない女の人からおやつを渡され、まだ遊んでいなさいだって。いっつも遊んでいるのに！　どうして今日はそんなことばかり言うの？

弟が生まれるんだ。それに気づくと、真面目になっていつものお友だちともしゃべる気がしなかった。そしてやっと、その日が来た！　呼んでくれるのを待ちながら、空き地の草むらで弟のための花を摘んでいた。コウノトリはなかなかやって来なかった。帰っておいでと言われたときには、もう夕方になっていた。息を切らして走って帰った。部屋ではどう伝えるべきか話し合われていた。

「あなたが説明すべきじゃないかしら」老女が産婆に向かって言う。

「私じゃないでしょ。こんなつらいこと、誰にも言いたくない」

「さあ、早くしないとあの子が来てしまう」

「言わないってば」

「私だって」

「あなたは伯母なんだし、言うべきだと思う」

「とにかく上手に言わないと」マヌエラが消え入りそうな声で呟く。

足音が大きくなって来る。

「わあ、もう来てる来てる！　階段を上がって来てる！」

「どうしよう、ほんとに。あの子は弟を見せてって言うし。ああ、どうなるの？」

小さな花束を手にして、力強く階段を上がる。部屋の中の様子が変だ。知らない人たちが黙っていたし、あの嫌な消毒液の臭い、「アルメイダ先生の臭い」がした。天井と窓を見ても、どこも閉まったまま。コウノトリはどこを通って来たの？　揺りかごの方を振り向くと、大人たちは声を詰まらせて互いに目を合わせた。なにも言わずにじっと見てから「赤ちゃんはどこ？」と訊いた。

「あなたから言ってよ」誰かがまた産婆に小声で言う。

「赤ちゃんはどこ？」そう繰り返すと、花束が手から落ちた。

マヌエラは見ていられずにシーツで顔を覆う。

「赤ちゃんはどこってば！」しゃくり上げる声が大きくなる。空の揺りかごを覗き込みながら叫んでいた。一人の女性がタチを隅へ連れて行き、説明する。

「よく聞いて、いい子だから。悲しまなくても大丈夫。神様が赤ちゃんを連れて行ったけど、また運んで来るから。わかった？」

なんでそんなこと言うの！　大粒の涙が零れる。泣き喚いて、花が散乱していた床で暴れた。神様に文句を言うと、誰もそばにいて欲しくなかった。

大人たちは絶望するタチを、黙って見ることしかできない。しばらくすると、タチは体が重そうに立ち上がって、泣き腫らした顔のまま母親のもとへ行った。知っているはずだと。

「ママ、赤ちゃんはどこ？　ほんとのことを教えて」

マヌエラはキスをしただけで、なにも言わない。

タチはさらに激しく泣いて、駄々をこねるようにただ言いたいことを叫ぶ。

「赤ちゃんほしい！　赤ちゃんほしい！　赤ちゃんほしい！」

急に黙って母親のところへ戻ると、神妙な面持ちでお願いをする。

「ママ、また赤ちゃんできる？」

「そうね」

「あしたできる？」

タチはズリの叫び声を聞いて、マヌエラが微笑んだことに気づかなかった。トウモロコシとサヤインゲンの芽が出て来たから、すぐ見に来てという。慌てて階段を駆け下りると、本当に芽が出ていた。根付いた！　生きてたんだ！　地面から顔を覗かせる茎をじっくり眺めた。嬉しくて飛び跳ねた。

ズリの手を取って、二人で輪になって踊った。元気になったマヌエラは、それから数日間、植物の成長を見守る娘の様子を楽しんでいた。タチはすっかり嬉しくなって、通りに出るたびに歩行人に声を掛けた。仕事場へ急いでいたイギリス人がタチの小さな手に引っ張られて、連れて来られた。

「大人たちには面白くないの。みんな忙しいんだから」ママが言った。

この強い風は？　マヌエラが窓を閉めに行くと、地面にしゃがみ込んでいるタチとズリを見つけた。

「早く上がってきなさい！」

「ママ、風がおさまるのを待とうよ」

「だから、その風が危ないの」

「わたしのトウモロコシが風で折れそうなの！」

タチはしゃがんで動かずに、両手でトウモロコシの茎を支えていた。ズリはサヤインゲンを守っていた。風がようやく止み、トウモロコシは無事だった。タチはベッドのそばで見守りながら育てようと思って階段を上がった。

お針子のマヌエラは病院代のために、仕事を増やさざるを得なかった。顧客から年末のパーティーに着るドレスの注文が相次いだのだ。どれも急ぎのもの。娘たちに人形のようなドレスを着させる者もいた。タチはうっとりして彼女らと一緒に遊んだり、トウモロコシを見てもらったりしたかったが、ただじっと黙っているだけだった。変わった子たちなんだと思った。

縫い物やデザイン画にばかり気を取られ、マヌエラは娘のことをあまり考えていなかった。邪魔だと思うことがあったのは以前のことで、今はもう目の前にすらいないかのようだった。それでも、タチは自分らしく毎日を過ごしていた。待ちに待ったのに結局会えなかったかわいい弟のことは、まだすっきりしないままだった。ああ、弟と遊びたかったなあ！　まだ夕方でもないのに部屋が薄暗くなるなんて……またなにか変だ。

「ママ、お部屋が小さくなってる」タチは驚いて言う。

マヌエラは明かりを点けたが、タチは急に暗くなったことが嬉しかった。あっという間に夜になるなんて！　そわそわする。

「ママ、おやすみなさいごっこをしようよ。ちょっと遊ぶだけだから！」

こんなとき遊ばないってある？　ママは返事もしない。（ママって、遊ぶのが嫌いなんだね）

タチが泣いている。あんなに悲しそうなのはどうして？　カロリーナも赤ちゃんを産むんだと言ってお腹の大きな人形を見せに来たとき、マヌエラが大笑いをしたからだ。本当だと思って待ってたのに、ママはどうして信じないの？

真面目なことをからかわれるのは好きじゃなかった。

赤ん坊を亡くしたあと仕事に追われ、マヌエラの体型は元どおりになった。明るく過ごしていきたいということだ。十二月になるところで、今までの雰囲気とは違う空気が流れようとしていた。夏の訪れ、夏服、クリスマス、大晦日のパーティー、人で溢れかえる砂浜、近づいて来るカーニバルの足音。マヌエラの胸を高鳴らせるものばかりだったが、物静かな様子からは誰も窺い知れなかった。

「さぁ、いい子だから。寝る時間よ」

娘を寝かせて、布団をかぶせる。雨期に入ったばかりの夜は涼しく、美しかった。マヌエラは部屋を片付けて、ミシン台の横に座った。針仕事にうんざりしていた。月明りに照らされた海を横切り、暗闇に消えて行く漁船が目に留まる。土曜日の夜だし、外に出て気晴らしでもしたい気分だった。

雨季が終わって、恋人たちが砂浜に戻って来た。永遠のデートを続けようと、靄の中でじっと頃合いを見計らっていたようだ。

娘が中学校へ上がるのはいつのこと？　寮に入れられるようになれば、少しは楽になるかもしれない。でも、あの子はたった六歳で、まだまだ手が掛かる。郊外の伯母に預ければ、娘から離れることもできなくはない。父親が何だっていうの？　娘を捨てて顔さえ見なかったくせに。

マヌエラはタチのベッドを見つめると、頭を振って憂鬱な考えを追い払う。いやいや、そんなことはしない。子どもに罪はないのに、恐ろしい伯母に預けるなど酷すぎる。叔母はもちろん、家庭裁判所判事にも。

ふと鞄を開けてメモ帳を取り出した。男の名前と住所がずらり。思うがまま女を弄び、楽しむだけ楽しんだあとは置き去り！

マヌエラも愛に幻滅した女たちの一人だったが、それでもどこかにいる運命の男をずっと待っている。ただ愛を待ち続けるだけで、乗客のいない回送列車が通り過ぎるように年月も経った。彼女の大きな目にはぼんやりとした光が灯っていた。それはサーチライトのような対象物に向かう光ではなく、対象物の方から照らされるのを待つ光である。通りを歩く姿を折よく目にした男たちは、その光を浴びることになる。彼女の声を聞いたことがなければ、しっとりした魅惑的な眼差しと同じ優しくて柔らかな音色を想像する。彼女の胸や歩き方、所作などすべてに似合う。身体はウエストまで華奢だったが、肉付きの良い脚は大地からエネルギーを受け取るのに向いている。男に裏切られても愛情を失うことはなかった。ただ殻を被って、誰かに尽くす前に慎重に行動するようになった。愛を注ぐ気持ちは溢れるほどあったが、それは表に出さない用心深いものだった。ところが、勘の鋭い通行人が彼女を見れば、男を欲しそうに歩く女としか映らなかった。

その夜、タチが眠っている間に、町のどこかへ出かけようと考えていた。誰かの誘いに乗ってみようか？　リストを眺めながら目ぼしい人を探す。シャヴィエル船長は顔が良いけど、どことなく冴えないし、嫌な感じがするのよね。離れていると素敵なのに、目の前だとがっかりさせられる。バスト医師はというと、上品そうに見えるのに、開業医という地位に自惚れて、実は間抜けで偏見も酷い。エイトールはスポーツマンでお金持ちなのに、とぼけたところが気になって。

「ああ神様、哀れな女は心を打ち明けられる人に出会えないのかしら？」リストを見ながら呟いていると、「そうそう！　アントニオよ。ここにぴったりの人がいるじゃない。私とだったら、この人だって不幸になりようがないでしょ。今ごろどこにいるの？　ああ素敵な人！　誠実で気取らないし。彼なら愛せそうだし、明け方までずっと一緒にいられる」

「ママ、わたしのこと好き？」

娘がいることをすっかり忘れていたマヌエラは、思わずはっとした。どうしてそんなことを訊いてくるのよ！

「タチ、寝てたんじゃなかったの？」

「ねえ、わたしのこと好き？」

「寝なさいってば。ほら、カロリーナはもうぐっすりでしょ」

今夜のママはどこかおかしい！

「ねえ、好き？　好きよね？」

タチはカロリーナを抱いて、寝たふりをし続けた。服を脱ぎだしたママを見ると、試着しに来るどんなお客さんよりきれいだった。眩しいくらいに。

ママはなんでもしてくれた。寒くて震えていたら、抱っこしてくれてすぐにホカホカになるの。大人としかおしゃべりしないのが残念なところだけど。

少女は夢中になって母親の身体をまじまじと眺めていた。

「そういえば確かに、前はお腹がぽっこりしてた。あの子を連れて行ったのは神様だよね、きっと。それなら良かった」

クリスマスの朝、広場では鈴の音が鳴り響き、キラキラした新しい自転車が何台も行き交っていた。タチに貸そうとする子どもは一人もいなかった。

ベンチに座ったまま楽しく遊ぶ友だちを羨ましそうに眺めながら、プレゼントを持って来てくれなかったサンタクロースに怒っていた。去年からその不満を引きずっている。ほかの子どもたちにはおもちゃをあげたのに。ズリもなにももらえなかったから、この子を連れてママに文句を言うことにした。広場では、少し離れて指をくわえていた子どもたちと仲良くなっていた。ママはほんとになんでもできるんだから、サンタクロースからなにか預かっていても別に変じゃない。おもちゃをくれると約束してくれたお客さんがいたけど、届くことはなかった。といっても、タチが一番欲しかったものは自転車だった。ただそれも叶わず、引き出しからカロリーナとジェレを取り出して一緒に遊んだ。

マヌエラは一人遊びをする娘を見ると可哀想な気持ちになり、いつものようにボロボロのジェレと遊ぶ姿に心を痛めた。サンタ・テレーザの丘へ連れて行くと、母親が海を眺めている間に、ポルトガル人の男の子がやって来て娘と遊んでいた。夜、市電で下町まで降りて来るころには、タチは膝の上ですやすや眠っていた。

そうして市電で降りていたのは、実はマヌエラだけだった。というのも、娘は広場にはない可愛くて乗り心地の良い自転車に乗って坂道を下っていたのだから。ほかの子どもたちは列を作って、タチが通り過ぎるのを眺めていた。その彼女は身をすくめながらも、どうだと言わんばかりに鈴を鳴り響かせ、巻き毛を風になびかせる。自転車で駆け抜けるのは最高の気分だった。市電が陸橋に着くと、母親が乗り換えのために娘を起こさないといけなかった。タチが市電に乗っていたのはこの一瞬だけで、またすぐに眠ると、心地よい超高速の自転車に戻った。黒人の少女ズリを後ろに乗せて。

それから数日が経ち、聖シルベスターの夜が迫っていた。通りはどこも賑やかで、新年を目前に控えて誰もが慌ただしく過ごしている。息つく暇もなく、買い物をして、抱擁をして、注文をして、招待をして。町全体が間もなくお祝いムードに包まれる。マヌエラの客たちが仮装ドレスを急いで仕上げるよう催促するので、早めに裁縫道具を揃えてデザイン画を選び、必死に針仕事を進めた。

タチは窓際からしばらく海を眺めたり、人が行き交う町を見下ろしたりしていた。高層マンションには、プレゼントの袋が次々に運び込まれていた。あの中にはなにが入っているのだろう？　袋を開けてなにが入っているのか見てみたいなあ！

通り、バス、市電では大男たちが踊り歌っていた。いつもは遊んだりしないのに。なにかと忙しくしているが、タチにはよく分からなかった。砂浜を歩く女の人たちは女神のように見えた。

その中には代金を払わない女神もいて、マヌエラは頭を悩ませていた。家主はその件を知っていたものの、長引く家賃の滞納にはもう待てないと話に来た。

「お察しいただけますよね？　疑いたくはないのよ、そんな性格じゃないから……。ただ、ご存じのとおり税金がどんどん上がってて……。それに年末だから年越しパーティーもありますでしょう。娘たちは楽しみにしてるけど、なにかと物入りで……。世知辛い世の中ね」

砂浜から戻って来たタチが、二人の会話に割り込む。

「ママ、ズリと一緒に砂山を作ったから、すぐ見に来てよ」

「ちょっと、タチってば。話の邪魔をしないで」

「一番上に誰を乗っけたと思う？　カロリーナがね……」

「いずれにしても」家主は言葉を続ける。「あと三日ほど待ちましょう」

「それからあ」タチはまだやめない。「穴を掘ったんだけど、そこを通ったらヨーロッパに行けると思う」

「邪魔しないでって！」怒鳴って、娘を脇にのける。「縫い物を仕上げるのにミシンだけでも残してもらえないかしら？」

「担保はレコードプレーヤーにしましょう」

家主は娘たちにレコードプレーヤーをあげられると喜んだ。反対に、マヌエラの頬からは涙が零れた。

デオドーロに住む姉はどう迎えてくれるだろう？　家財道具をまとめて、当面の食料も忘れずに袋に入れた。未払いのお客に何人か電話をしたけど、不在か手持ちがないかのどちらかばかり。翌日、仕方なく一階の女性に宝石を売って、荷物の運送料と交通費に充てるしかなかった。「ママが死んだときに」と言って、タチが欲しがっていた宝石だった。

夜の列車と車の往来が激しく、窓際にいるタチの耳まで音が響き、明かりも眩しかった。町はどこまでも続いているような感じがした。こんな森の中で迷子にならないのはママしかいない。

いつも素敵なママ！　でも、ぜんぜん話してくれない！　ママの膝にしがみつく。窓の向こうには、ネオンサインや人で溢れる映画館など見慣れないものが流れて行った。今度はどこへ連れて行ってくれるの？　そこに子どもはいる？　海は？　ママはなにをしてくれるの？

むかし住んだ場所、素敵なものに囲まれて過ごした場所が、思いがけず脳裏をかすめて嬉しくなった。それがどこだったのか、よく思い出せないけど……。寝たり起きたりしていたのは確か。どのくらいいた？　郊外でも砂浜でもなかった。何年も前の出来事だったような気がした。海の底の、深いところかな……。生まれる前のこと。

エンジェーニョ・ノーヴォ、メイエル、ピエダーデ、エンカンタード、カスカドゥーラを通り過ぎた。マヌエラは黙って惨めな思いを抱えながら、落ち込んでいた。コパカバーナにはもう二度と戻らない。最初のときに処女を失い、今度はミシンまでも。客たちは支払いもせず、今ごろ年越しパーティーに向けて準備をしながら、自分が縫い上げた仮装ドレスを着ていることだろう。こちらは郊外に向かう列車の二等車に乗って、気の短い姉の家へと向かっている。この大きなお荷物を連れて世話にならないといけない。

郊外の夜はいつもと違った雰囲気で、どこか騒々しかった。満員電車、ばたばたと慌ただしい人たち、叫び声をあげる集団。軍の暴動でも？　それとも、賑やかな場所を探して、パーティーにでも急いでいたの？

マヌエラは俯いている。落ち着きのないタチは左側の座席の物や人を見ては、立ち上がったり、笑ったりを繰り返している。

「きちんと座ってなさい！」

それでも、子どもは言うことを聞かない。母親はいらいらして娘をつねった。娘のことは頭の隅にもなく、反感すら抱いていた。タチはつねられたことよりも、母親の表情に激しい憎しみを感じて泣き出してしまう。親友が見捨てようとしているかのような顔。タチは本当に傷ついていた。二等車の明かりは薄暗い。

「ひどいんだから、ママは……」

「そんな風にあの人を見ちゃだめだって」マヌエラが言い聞かせる。

「ママ、あの人のおっぱい見てよ。首にできてる」タチは声を詰まらせながら言う。

「小さな声で言わないと聞こえちゃうでしょ。あれはおっぱいじゃなくて、腫れものなの」

「じゃあ、どうやってあっこでおっぱい飲むの？」

なんておバカさんなの、子どもっていうのは。声を上げて笑いながら娘を抱きしめる。初めて感じる愛おしさ。なんて可愛らしくて心の澄んだ子なの。こんなに明るくて！　この子は家や地区はもちろん、町全体も元気にできるのね。娘の方をゆっくりと見て、ようやく面と向かった。巻き毛、きれいな唇、ぱっちりした目。ああ、可愛らしい！

タチ！

これから先、まだなんでもできる。どうして今まで気づいてやれなかったのか。ずっと前から簡単に心を掴まれていた娘に、今ようやく素直になっていた。また笑いがこみ上げてきて、なにもかも忘れる。窓の向こうを通り過ぎる町はどこなのか。この子はもうあの腫れ物には見向きもしない。母親のひきつった笑いに驚いて、むしろ心配になっているくらい。居合わせた乗客は、女の気が狂ったのではないかと思う。マヌエラは娘を抱きしめて、何度もキスをして、笑い、泣く。床に袋が落ちると、中の荷物がばさばさ散らかり、野菜がドアの方へと転がって行った。

「あなたのじゃない？」女性が布のテーブルクロスを渡そうとする。

マヌエラの笑いはおさまらず、娘を見つめて頭を撫でている。

「大好きだよ、タチ」

手になにかを持った郵便配達員が近づいて来る。

「あなたのコップじゃありませんか」

マヌエラはお礼を言うのも忘れる。もっと大事なことが彼女の中で起こっていた。

散らかったものは、二等車の乗客たちが集めてくれた。ポルトガル人の靴に、カロリーナが踏まれている。カロリーナ……。かわいそうなお人形さん。靴はおもちゃじゃない。タチは大声を出して駆けつけ、カロリーナを助け出す。娘が愛おしくなってやっと、こんな何気ないことにも心を動かされる。幸せに満ちた気持ちで、タチをもう一度抱きしめる。

「じゃがいもが落ちていますよ」マヌエラの方に寄って来た工員が声を掛ける。

マヌエラはタチを、タチはカロリーナを抱きしめている。機関車がデオドーロ到着を知らせる汽笛を鳴らすまで、三人は眠った。

娘とカロリーナと荷物を抱えて、マヌエラは慎重に降りる。子どもを起こすわけにはいかなかった。暗い道を進むと、姉の家にたどり着く。タチはうっすら目を開けて、夜の空気を覗き見る。怖い。

「ママ、フェブロニオいる？」

また眠ってしまう。遠くの方で旗を掲げる集団が通っていたが、マヌエラの進む道には人影もなかった。

「こんな田舎でまた子どもを作るなよ！」兵士が叫ぶ。「ダンスパーティーの時間だ」

マヌエラは疲れも感じず先へと進んでいると、心ない冷やかしの言葉がまた耳に入った。

「ひとりぼっちのお嬢さん！」

ひとりなんかじゃない。タチがいるもの。母親が聞かせていた歌声に、娘がまた目を覚ました。笑顔で見つめ合うマヌエラが娘に心から微笑みかけるのは、これが初めてのこと。大声で騒ぐ声が遠くに聞こえたが、爆竹や花火の音に遮られた。

年が明けて一九三八年が始まる。

マヌエラは小高い丘を登って、姉の家のテラスに来た。どこも戸締りがされていて、明かりもない。ドアの錠にメモが掛けられていた。

《ダンスパーティーに行ってきます。ノックをしたら、留守番中のおばあちゃんが出てきます》

ノックはしなかった。大きな夜空が澄んでいる。遠くの景色をちらっと見た。パーティーのざわめきや光があちこちから届く。世界中が戦争や迫害や貧困を忘れようとしているかのようだった。新年の休戦。マヌエラはこれまでの苦い思い出も、これからのつらい人生もすべて忘れる。通りに出て歩き始めると、希望の波が彼女の心を満たした。タチは空を見上げている。

「ママ、あのつぶつぶはぜんぶお星さま？　ぜんぶ？」

マヌエラは芝生の上で我を忘れたように踊り出す。

「年が明けたよ、タチ。小鳥のようにかわいい、私の宝物。私たちもお祝いしないとね」

タチを肩車に乗せる。夜の闇の中、肩車をしたまま新年を祝う。そうしてワインでいっぱいのデカンタのように踊り続けた。

「ママ、向こうの方にはもっと星があるよ。ねぇ、見てってば」


（岐部雅之訳）

サンバガールの死

マンゲ地区や中央駅《セントラール》の方をあちこち探しても無駄だ。

マドゥレイラの町はここから遠く、サンバチームの先頭を務める恋人が広場に入ってくるのは深夜になってからだろう。

その黒人の若者を悩ませているのは彼女の登場がみんなを興奮させ、祭りの夜の山場になるだろうという心配だ。

彼の目から滲み出る、火事になった家の隙間から漏れる黒煙のような不吉な光に、彼自身は気付いていない。

でも、周りの人には一目瞭然だ。彼の気持ちが昂っていることも、恋焦がれていることも。それを窺わせるのは彼の目つきだけで、身体《からだ》の一切は沈黙を守り、黒檀の箱のような肌に閉じこもっている。

なぜ俺も参加しないのか？　なぜ踊らないのか？　ついさっきもすれ違いざまに褐色女《モレーナ》に手を引っ

張られて誘われたのに。時を得た有難いお誘いだった。ついて行けばよかった。ああ黒人よ、歓びを失ってはいかん。頭から離れないあの女のことがお前の理性を鈍らせている。結局のところ、彼女はまだ完全にお前のものではない。サンバチームのものだ。彼女に行くなと命じたのはやはり間違いだった。彼女はちゃんと愛の証まで立ててくれたじゃないか？　あの身体はお前に約束されている。あともう少しでお前のものになるのだ。その時までの我慢だ。

このように広場を彷徨《うろつ》いていたら怪しまれても仕方があるまい。得意のサンバがちょうど流れているところなのでなおさらだ。落ち着きがなく、浮かない顔をして音楽に耳を貸さない。恋人が他の男のものになるかもしれない、他の奴に抱かれるかもしれない。そういう不安に苛まれている。根も葉もない疑心だ。水兵や港の運び屋と比べても俺ほど屈強な者、俺ほどしゃんとした者はいない。それにホジーニャが好きなのは俺なんだ。俺のために貞操を守っている。それとも、彼女が今夜着ることになっているあの衣装のことが心配の原因なのか？　そう、見事に似合う、彼女が着れば頭のてっぺんから足の爪先まで女王にさえ見えるあの衣装のことが。ホジーニャを一目見たら恋に落ちない奴なんていないという確信が不安を掻き立てている。彼女が誰かに愛情を分け与えるなんて、まるっきり受け入れられない。

黒人の気持ちが凋《しぼ》んでゆく。

夜がもたらす諸々の脅威。狂った満潮のように盛り上がっていくこのオンゼ広場に恐怖さえ感じてしまう。

広場はごった返していた。広場へ向かう人の流れのなかでも最も大人数なのは市の北部や丘《モーホ》からのものだ。歌声、幾百ものパンデイロと唸るクイッカ、轟くタンバリンが混然一体となって雨模様の空へと吸い込まれてゆく。このお祭り騒ぎにも上の空で、彼女を待つ彼の鼓動は激しさを増した。ホジーニャが来ないとカーニバルが始まらない。ラッパの響きは彼の筋肉を震撼させ、漠然としたノスタルジーとやり場のない勇猛さとを彼に引き起こした。この終わりのない夜にブラジル全土を探しても、熱気が籠っているこの恐ろしいオンゼ広場ほど生命の爆発や人の蠢きと雑踏とを持っている場所があろうか？　千色に彩られ、こだまするガラス箱のようだ。ここでは家も橋も、木も電柱もが他の生き物と息を合わせ、世界の終わりを告げる謎の神のラッパに誘《いざな》われて振動し、踊っているのだ。

広場全体が歌声に包まれ、脈打っている。ホジーニャの身体は直に花弁のようにその上を浮揚するだろう。押し合い、叫び声をあげる群衆のなかを渡ってくるダンサーのチームに道が開けられる。

「ジェロニモよ、そんなに急《せ》いてはいかん。慎重にさ。そいつは生娘だぜ」

また歌声が起こる。「キンチーノの勇者たち」や「ハーモスのいたずらっ子たち」といったサンバチームが次々と現われてくる。観衆が押し寄せる。一緒に来た人が離れ離れになり、娘が母親から逸《はぐ》れてしまい、迷子が出る。人波の上にサンバチームの標章旗が帆のようにはためく。パレードに近付けない人びとが、旗のうねりから旗持ちを務めるサンバガールたちの動きを読み取る。

彼女たちの身体は見えない。高く掲げられた布地からそのステップを見極めるしかない。旗が彼女たちの動きを如実に伝え、彼女たちの姿が思い浮かぶ。

「ほら、あの娘《こ》を見てみろ。素晴らしいだろ。身体が見えないのが勿体ないが、絶対に混血女《ムラータ》だ。間違いない」

「横にいる娘だって。凄い勢いで踊っているだろ。十八歳ってとこだな。太ももが引き締まった、ちょっと変わった娘だろう」

「今やって来る旗を持っているあの娘こそ別格だろ。あれは黒人に違いない。ほら、見てみろよ、あの旗の動きを。彼女と一緒にサンバを踊っているようだな」

「確かに。あの狂乱ぶりを見たらすぐ分かるな」

何十本もの旗が会話しているかのように、熱烈なメッセージを送ってくる。揺れ、回り、止まり、萎む。接吻するように凭れかかってきたかと思えば、逃げて行ってしまう。

「ほら、向こうの方にいるあの娘、おっぱいがプルプル揺れているに違いねぇ。すげぇ汗をかいちゃってさ。そそられる色だな」

「黙っとけ、ジェロニモ。そんなこと言ってたら周りにとっちめられるぞ」

サンバチームが入り乱れ、歌声が混ざり合う。太鼓の轟音がだんだん大きくなってゆく。巨大なチームが接近してくる。恋焦がれる彼はヘプーブリカ広場の方から入ってくる旗の動きを読み取ろうとする。その巨躯で人混みをかき分け、なるべく近くに陣取る。耳を澄まして彼女のチームの曲かどうかを聞き分けようとする。凄まじい騒音だ。聞き取れた分だけでも確かにチームの曲のものだった。身震いがする。あの衣装を着てくるだろうか？　群衆の列に囲まれ、栄光の波に乗って混血女が近付くにつれ彼はますます憂鬱になる。

ここを出ようとしてももはやそれは不可能だ。地面に釘付けにされている。近くのクイッカのくぐもった音が彼の心深くに響く。

「不吉なクイッカめ。地獄で響いてろ。ああ神よ、彼女だろうか？」

黒人は震えている。

でも、彼女ではないだろう。ホジーニャが登場すれば周囲が騒然となるはずだ。彼女が注目の的となり、みんなを魅了するに違いない。しかし、今はそんな様子ではない。彼女が来れば空気までが一変するはずだ。そして、今迫ってくる旗は蒼いビロードの布地に、星に囲まれた聖ミゲルの像とチーム名の頭文字が描かれている。それはマドゥレイラのチームのものではない。勘違いだった。彼は苦しみから解放されてゆくのを感じる。本当によかった。いい加減にして帰ろう。明日になったら、エンジェーニョ・ジ・デントロの工場で鉄床の打つ音や滑車が立てる音を聞いたら、きっと気分が晴れるだろう。仲間になぜ来なかったかと訊かれたら体調が悪かったとか、伯母さんか誰かの親戚の葬儀に出ていたとでも適当に言ったらいい。やはりもう帰ることにする。負け犬と思われたって別にいい。

もしホジーニャが言い付けを守らずに広場に現れたら？　平気だ。ちっとも構わない。彼女の姿が素晴らしかったかどうか、誰かが彼女に惚れたかどうか、いやらしいあのジェラールドの奴がしつこく纏わりついたかどうかも詮索などしない。明日は仕事に行って新しい一歩を踏み出す。自由を取り戻すのだ。ホジーニャが寂しけりゃ自分から探しに来ればよい。俺は強い男だ。男というものは毅然としていなければならない。一夜なんてすぐ過ぎるもの。頭を枕にうずめれば不幸などどこかに行ってしまうだろう。眠ってしまえば大丈夫だ。ほら、もう眠たくなってきた。もし嵐が来てくれたらなおさら都合がよい。そうなったらホジーニャはもうサンバチームの先頭で踊ることはないだろう。そう、彼女の衣装を駄目にする暴風雨さえ来ればいいのに！　家を倒し、路面電車の運行を停め、全てを水浸しにする、この活気を根こそぎ奪い去る暴風雨だ。カーニバルそのものまで心の底から憎く思えてきた。

彼の近くで石ころさえ踊り出しそうなサンバが奏でられている。みんなが身体を動かしている。彼だけが酷い苦痛に打ちひしがれ微動だにしない。色気たっぷりの混血女たちが彼の横を通り、微笑みながら話しかけてくれる。今日は乗り気ではない。こんな変わり果てた自分を恥ずかしくさえ思った。これは決して本来の自分の姿ではない。サッカーの試合の時も、職場でも、ストライキの時や酒の席でも彼は常にいちばん陽気だった。そして、しばらく前から何か深刻で得体の知れぬものが胸の奥から大きくなり、彼を揶揄《からか》いだした。悪の力だ。それは（なんて馬鹿な事！）まるでホジーニャの身体から発せられるようなものだった。ホジーニャが原因なのか？　いや、そんなはずはない。恋人のせいにするなんてみっともない。うん、そうだ。

でも黒人は悩む。周囲の能天気な奴らが騒いでいる。彼女を手に入れても逃がしてしまうのなら、ずっと一緒にいられる褐色女の方がよっぽどいいだろう。周りの奴らみたいに。ホジーニャのような娘の場合、その娘と付き合う幸福感は、例えそれがどんなに大きくとも、その娘を失う恐怖に比べると大したことはない。彼は溜息をつき、いやらしい奴、あのジェラールドに対する静かな怒りを感じた。彼が思うにあいつこそホジーニャを奪うことに最も成功しそうだ。もう一人はアルマンジーニョだったが、そいつは好青年で絶対に彼を裏切らない良き友だった。アルマンジーニョには形容しがたい親近さを感じた。

足に任せて当てもなく歩いてゆく。家路についたわけではないが、心が祭りを完全に離れたわけでもない。サンバ曲やマーチの断片が彼の耳を打ち、暫く心に残る。

我々の愛
かつての炎
いまは灰となり
すべてが尽きて
あとは何もない

歌詞は「もう全部おしまいだ」とか、「なんて悲しい」とか云々。畜生！　逃げてゆく若い恋人、空っぽになった愛の巣、悲恋に悲恋を連ねやがって。寝取られた男の話ばかりじゃないか？　どうも俺の好みじゃない。俺はこんなに苦しむためにこの地上に生まれたわけではない。こんなサンバにはもううんざりだ。自分もみんなと同じように踊ればいいのに。

彼は躊躇っている。時間が遅い。マドゥレイラのチームはもう来ないかもしれない。イギリス人の観光客たちが好奇心と警戒心とが混じり合った目で離れたところから祭りを見物している。マダムが繰り返して注意を促す。

「ねぇ、あんまり近付いたらいけませんよ、エイミー。襲われちゃうもの」

金髪の娘は公使館の世話係に訊ねてみる。

「凶暴なの？」

「いや、お嬢様、大丈夫でございます。こっちの黒人はおとなしいですよ。近くでご覧くださいませ」

伝統衣装を身に纏って焼き団子《アカラジエ》を売っている女《バイアーナ》がむきになって小声でぶつぶつ言う。

「あたいらこそおめぇたちがおっかねえんだよ。あたいらは獣じゃない。人間《ひと》なんだ」

外国のお嬢さんの目の前を黒檀の素晴らしい肉体が横切ってゆく。彼女は狼狽し、興奮する。震える声で世話係に耳打ちする。

「一緒に踊ってみたいわ。大丈夫かしら？」

「You are crazy, Amy!」憤慨したマダムが一喝する。

しかし俄かに観光客たちは慄《おのの》く。広場の後方で何か混乱と喧騒が起こった。警官の笛が聞こえる。シャッターが勢いよく閉まる。サンバチームの曲は一入《ひとしお》盛んに、埃だらけの空間を交響曲に変える。イギリス人のマダムは慌てふためいて家族を引っ張って半開きのドアから中に避難する。

「若い娘が殺された！」

サンタナ通りの角から流れてきた急報は、ベンジャミン・コンスタン学校を通って周囲に広がり、母親たちを怖がらせていた。

「若い娘が殺されたんだって」

飲み屋では既に話題となっていた。

「そうですとも、殺されたんです。若い娘が」

「こんなめでたい日に若い女を殺すなんて、惨すぎるわ。本当かしら？」

「本当さ、奥さん。間違いなく殺されたんです」

「どんな感じの娘《こ》だったの？　ご覧になられまして？」

「十九歳くらいの褐色女と聞いたのですが……」

「褐色女ですって？　十九歳！　ああ、神よ！　あたしの娘かもしれません！　お願いします。早く教えて下さい。顔はどんな感じだったの？」

　胸騒ぎを覚えたもう一人の夫人が報せを持ってきた人に近付く。

「その娘と一緒にいた人って黒人なの？　白い服を着て？　傷跡あったの？　ああ、傷跡あったならもう黙って頂戴！　ああ、神よ、私の娘が殺されたんだ！　ネヌーシャ！　ネヌーシャ！　ネヌーシャはどこなの？」

　母親たちはみんな立ち上がって自分の娘を探しに行った。焦りが一人からもう一人へと伝わってゆく。どんな母親も自分の娘こそが殺されたと確信している。人混みをかき分けて、サンバチームの中に入り込み、声高にその名前を呼ぶ。娘の婚約者は獰猛だ、娘の恋人はいつも脅していると口々に言う。

　広場のどんちゃん騒ぎは不安に駆られた母親たちの悲鳴によって遮られる。髪を振り乱して最初に立ち上がったネヌーシャの母親はもう元の場所に戻っていた。打ちひしがれて恨み言を吐くもう一人の母親とすれ違ったからだ。

「娘のラウリーニャにあんなに行くなと言ったのに。恋人は娘が行けば殺してやると言って、誓っていたわ。ああマリア様、娘が殺されたんです。あたし知っています。見ずとも分かります」

取り乱したネヌーシャの母は、ラウリーニャの母と話をして落ち着いてきた。その時、一人の太った女性が入って来て、殺されたのはバング方面の出の、女工をしていた娘だとラウリーニャの母に伝える。悪事を働いた暴漢はもう捕まっていたそうだ。

この警察沙汰と無縁な母親たちは我が子を抱き、命を奪われずに済み、救われた大事な娘たちを恐ろしい恋人たちから必死に守る構えだった。

「マリアジーニャ、お母さんは大変だったのよ！　もう行ったら駄目です。ねえ、分かっているの？　早く帰らなくちゃ。あいつがここらへんを彷徨《うろつ》いているに違いない」

悪い予感が治まらない他の母親たちは我が娘を探しに出かける。

ステージの影でポルトガル人に口説かれていた一人の夫人は、報せを耳にすると色とりどりの紙テープを巻きつけたまま大声をあげ、娘のオデーチを探し始める。殺されたのはオデーチだと確信している。間違いない。夫人は人にぶつかり、両手で頭を抱えながら、走り回る。人びとはみっともない酔っ払いだと思って面白がる。血まみれになって今にもオデーチは息絶えそうになっているだろう。殺したのは恋人に違いない！　いつもオデーチの胸元に釘付けだった、あの獣が。「自分のもんにする」を口癖にしていた。そしてあの形相ったら！　可哀想なオデーチよ。あの子の胸があんなに大きくなければよかったのに、と母親が思う。オデーチ自身も怖がっていた。母親は泣きじゃくっては走り回り、死んだ娘はどこだと周りの人びとに迫る。オデーチに違いない、そう、ほぼ確実！　夢遊病者のように歩きまわり、独り言を垂れ、嘆いていた。オデーチはどこに倒れているだろう。娘の胸のせいでこんな不幸なことが起こったという考えが脳裏を離れなかった。誰だって分かることだ。母親だってあの胸が目立ちすぎると分かっていた。あのままだと不幸に終わるだろうという予感が常にあった。満員になった路面電車の乗客でさえ、歩道にいるオデーチの胸元を拝もうと振り向くほどだった。最初はうぶなオデーチも自慢げに気取っていた。しかし胸が思っていたより大きくなり、流石の彼女も怯んだ。もう物議をかもすレベルだった。あの胸は悪魔に憑かれており、最近は酷いことになっていた。男たちの視線に追われる可哀想な娘は道を歩くことすら難しくなっていた。しかもそれは二、三人の男に限ったことではなく、カフェの入り口から、バザーの中から、家々のベランダから、あらゆる方面から男たちが覗き込み、じっと見つめてくる。彼女は恥ずかしさに耐え切れず足早に家に帰ってしまう。「娘のオデーチは真面目な子ですもの」と母親が言い足す。「下品な奴ら。ああ神様、我々を男たちからお守りください！」

きついブラジャーを着せても無意味だった。むしろ逆効果だった。

「神よ、娘の胸があんなに大きくてなってゆくのを目にして安心できる母親がいるのでしょうか？」

オデーチが歩く時こそ胸はその豊満さと神秘さを極めていた。だから誰もがオデーチのことを考えればまず胸のことを連想した。それは常に彼女の前に登場していた。船の舳先のように。

母親は震えあがって泣きじゃくっていた。「オデーチちゃんは悪くないよ。胸が悪いのよ。お母さんはオデーチをこの野蛮人たちから遠いところに連れて行きたかったのに」

今は正気を失って娘の亡骸を探していた。

暫く歩いてから愛おしいオデーチの左の乳房の真上に赤い薔薇が大きくなってゆくのを見た。叫び声を上げて気を失う。二人の黒人の青年が彼女を担いで近くの飲み屋に運んだ。他の母親たちは無事だった娘たちの手を引いて周りに集まってくる。彼女にエーテルを嗅がせ、扇で煽いだ。気を取り戻した時はすっかり諦めの表情になっていた。起こったことをなんでもかんでも受け入れる覚悟だった。

娘と犯人の馴れ初めを語り出す。二人はハーモス海岸の仮面海水浴祭り《バーニョ・ア・ファンタジーア》で出会った。最初は好青年だと思った。ちゃんとした職に就いていたし、贈り物もしてくれた。しかし、しばらく経ってから本性が現れた。娘を脅し、無理な要求をしてくるようになった。ダンスパーティーに行ったら駄目と言い張る。身体にぴったりする服を着てはいけないと命じる。歩く時はお尻を揺らしすぎるなと責める。髪を花で飾ること、男友達と話すことも禁じた。

「間違いなくお嬢さんですかね、奥さん？」と仮面をかぶった男性が話を遮って訊ねた。

「この目で見たと言ってるでしょ！　ああ、神よ、もう耐えられません……いや、いや。娘の話をさせて頂戴。それだけが慰めになるから」

間を置いてから、一層哀れを誘う様子でまた語り出した。

「まだ十八歳なのよ。ほんの子ども……刺繍が得意でね。誰もが褒めてくれていた。家でもよく手伝ってくれた」

ハイレ・セラシエ一世に仮装した男が感慨深く聴いていた。

少しずつその哀れな夫人は馬や牛、世話焼きの豚などに囲まれていることに気付いた。一人のメフィストフェレスや数人の道化師が何か役に立つことはないかと訊ねてきた。このグロテスクな集団は地獄から出てきたように思われた。母親は瞠った目を凝らして恐怖のあまり叫び声をあげた。一同がすぐさま失態を悟って仮面を外した。仮面の下から彼女を慰めようとする憐れみでいっぱいの表情が現れた。誰かが被害者は別の人で、マドゥレイラの一団の旗持ちの混血女だと言った。でも母親は信じなかった。嘘で慰めようとしても騙されない、と。

外では合唱の一節がマリア・ホーザのことを執拗に訊ねていた。

マリア・ホーザはどこだろうか
男を破滅させる女

そして彼女の特徴を告げていた。

傷跡を一つ
大きな目を二つ
口と鼻は一つずつ

混血女は縮れ毛の頭に薔薇の飾りをつけていた。仮面をかぶった男性が恋人のベールを脱がしてそれを畳み、死んだ女のための枕を拵えた。しかし警官は触れてはいけないと阻止した。目はまだ半開きだった。「お静かに」と誰かが言ったが、騒々しい広場を静めるなどそもそも無理な相談だった。不安に駆られた母親たちの最後の一人が遅ればせながらやってきて人の輪に割って入る。死体をよく見てから歓びの叫び声を放った。

「あー、娘のハイムンダかと思ったわ！　ああ神様、ありがとうございます。ハイムンダじゃなかった。ハイムンダよ、命拾いしたわね！」

　満足気に去っていった。カヴァキーニョを手にした場違いなごろつき《マランドロ》の一団も離れてゆく。一人が持論を繰り広げる。

「こんな日に悲しみは真っ平ごめんだぜ。自分は苦しみなんて不得意でさ」

　また「お静かに」と誰かが言った。一人の娘は涙を拭きながらぼそぼそと言った。

「ねぇ、ベンチーニャ、聞いて。信じられないと思うけど。刃が彼女の身体に食い込めば食い込むほどずっと微笑んでいたわ。こんな死に方、聞いたことないね」

　黒人の凶行は人混みの中に静寂な空洞を作った。みんなが驚きのあまり身動きできず、ホジーニャが目を閉じるのを見守った。跪いた黒人は無言で彼女の最後の笑みを鑑賞しながら、まるで子どもを眺めているかのように左右に頭を振っていた。マンゲ地区の方からサンバチームが再び現れた。マンゲーラ一団への歓声はまだ聞こえていた。歌声が近くで響いた時、死んだ混血女が立ち上がるのではないかと思われた。

　彼女は生きているように微笑んでいた。犯人が耳元で囁く言葉を聞いているかのごとく。

　彼は被害者から目を離さない。彼女は微笑んでいるように見えたが、野次馬たちは泣きたい気持ちでいっぱいだった。彼女は今にも立ち上がって踊り出すのではないかとさえ思われる。こんなに生気に満ちている死人は古今東西いなかっただろう。みんなは奇跡が起こるのを待っていた。犯人に語り掛ける歌声が聞こえてくる。

愛用のギターを壊したのは誰か
彼女なのさ

さらに遅れてきた母親たちが集まってきた。遠目に死人を見つめている。

死人には母親もいなければ親戚もいない。悼んでくれるのはその命を奪った彼だけだ。彼だけが彼女の髪を撫で、彼女の名前を呼び、彼女にゆっくりと語り掛ける。

「ホジーニャよ、もう時間だよ。さあ、立ち上がっておくれ。愛《アモル》のリラ一団がやって来る。ホジーニャ、なぜ聞いてくれないの？　今は寝る時間じゃないぞ。さあ、早く。勿体ないじゃないか？　どうした？　転んだのか？　何があったんだ？　もしかしたら……俺が？　俺？　いや、俺ではない！　ホジーニャよ！」

彼は膝をついて彼女に接吻する。感情を抑えられない人たちはその場を離れてゆく。殺人者はもはや自分がどこにいるのかさえ分からなくなっている。自分に無関心な運命《さだめ》に流されてゆくだけだ。またもや同じ歌の文句が彼に絶望について教えてくれる。

私の心を廃墟にしたのは誰か
彼女なのさ

「誰も俺のことを構うな！　腕を離してくれ！　ホジーニャが眠っているんだ。彼女を起こすな。俺は酔ってなんかいねぇ。支えてくれなくていい」

天が開き雨粒が落ちて来る。

そうだ、この暴風雨がいい。これならホジーニャは出かけられない。少し待ってくれ。ホジーニャをここに置いていくなんて俺にはできん。いや！　この太鼓は？　ああ、風が吹きまくる。喧嘩だな。よし、そうきたら暴れてみせるぜ。なぜ頭をぶってくる？　工場の鉄床もこんなもんだな。離れてくれ、ホジーニャのために闘うんだ。力では誰にも負けん。働き者をこんな目に遭わすなんて卑怯だぜ。ホジーニャへの道を邪魔しやがって。こんなに騒いじゃ彼女が起きてしまうだろ。彼女はもうそこにいない。空を漂っている。俺を通してくれ。他の者は地面を這っていればよい。そこにおるのがよい。俺はホジーニャを起こすんだ。ホジーニャは眠っているだけ。彼女を連れて遠くに逃げるんだ。丘の上に立って彼女を抱きしめるのだ。

（フェリッペ・モッタ訳）

ジョズエ・モンテロ

明かりの消えた人生

私たちの人生は他人を気遣いながら擦り減らされる
半分は愛しながら、もう半分は傷つけながら
——ジュベール

「ブルーノさん、わたしには何もないの？」

メルセデスの問いかけはいつも同じ。年老いた配達員の答えも同じ。太った体をカーキ色の古びた制服で包んだブルーノさんは右足を縁石に乗せ、初めて見るかのように封筒の束をゆっくりと確かめる。郵便局を出る前、小さな青色の目を通していたのに。白髪交じりの悲しげな表情をした彼女は、優しい栗色のまなざしを向けて彼に欠かさず手紙を乞う。諦めきれない。

「残念ながらありませんよ、メルセデスさん」

わきの下に手紙をはさみ直す間、色褪せた帽子のひさしから穏やかな同情の微笑みを覗かせる。

「ご自宅の通りには、今日は一通だけですかね。カルメンシッタ・ピレスさんへのものが。リオの婚約者からでしょう」

メルセデスは眉根を寄せて言う。

「三カ月以上も音沙汰なしだったなんて。カルメンシッタが可哀想だし、不安で仕方ないでしょうね」

難しい顔をしながら下唇を伸ばしているブルーノさんは、束からその手紙を取って裏表を見ると、片眉を上げて左目を閉じる。

「やっぱり婚約者からですよ、メルセデスさん。速達の書留で、受取りの確認も。どこかに行ってしばらく連絡すらしない婚約者というのは、どうなんでしょう。そう思いません？　あなたの場合もそうだったし、亡くなったエレウテリオの娘さんのときも。カルメンシッタさんだって同じかもしれませんね。この配達員人生は学ぶことばかりでしたが、ご覧のとおりもう定年間近ですよ」

メルセデスはため息をつきながら、地面の雑草に視線を落とす。

「男の人は誰でもいっしょ。女の人の心を踏みつけて、平気で辛い思いをさせるんだから。ブルーノさんは違うけど」

長年の悲しみを堪えながら、また一つため息をついた。

「神様がなさることには意味があるのよ。わたしはこのとおり元気なので。それじゃあ、クロリスさんによろしく伝えてください」

ブルーノさんは恭しく帽子を脱いだ。

「どうも、メルセデスさん。この長い付き合いにも感謝しかありません。どうぞお気をつけて」

六月の冷たい陽光が差す晴れた朝、メルセデスは教会に向かって人けのない坂道を上る。小さな腕時計に目をやると、八時半まであと五分あった。ミゲルさんの雑貨店に寄って、新しい代子に着させせるワンピースのレースが届いたか訊ねよう。

メルセデスは十二月に四十歳を迎える。太った体に、苦労を重ねた表情。白髪交じりの頭にはべっ甲の櫛を差し、化粧はしない。ウールの上着の襟で息が詰まりそうな首元には、若いときにもらった金の十字架が煌めいている。しみだらけの顔には、かつては愛らしかったえくぼと年齢を重ねるうちにできた隈のある目があった。

上り坂で足がなかなか前に出ず、息も浅くなった。セヴェリーノの婚約者だった頃は体型が良くて足にも張りがあり、誰かのためにいられることが嬉しかったのに。

ブルーノさんは今のように太っておらず、制服のボタンを首元まで留め、きれいな帽子を被っていた。五月には制服姿でクロリス夫人と腕を組み、九日間の祈りを大切に捧げていた。滝の近くで川遊びをしていたときに溺死した息子は、まだ生きていた。

よその子どもたちの頭を撫でるたびに、ブルーノさんの声はどうしても震えてしまう。

「クロリスと一緒に、子どもはもういらないと神様にお願いしました。ズザの死は受け入れがたく、心の整理に時間も掛かってしまいました。ズザが大きくなっていたら、苦労させられたかもしれないと、あとになって考えましてね。神様がなさることには意味があるんでしょう。クロリスは可哀想なあの子を思って、今でも涙が止まりません。写真のところに花を毎日添えているんですよ。見ていてつらいです」

ほっそりして髪がふさふさだった昔のブルーノさんと、丸々太って着古した制服を着る今のブルーノさんには、共通点も多い。それは優しい目や穏やかな話し方、教会の祭りに熱心に顔を出すこと。

さらに、毎朝ただ嬉しい知らせだけを配達したいという願いも変わらない。午後には、その姿が見えなくなるところも。

「お昼からはトマトとキャベツの世話をしてまして。だから配達はなし」満足げに言う。

上り坂の中ほどに差し掛かっているメルセデスは思い出す。まだ若かった彼が満面の笑みを浮かべながら、待ちに待ったセヴェリーノの手紙を届けてくれたのは、日が暮れかかっていたときだったはず。

「あとちょっと待っていたら、彼から手紙が来ると言いませんでしたか？　ほら、どうぞ。ちゃんと届くように書留になってますよ。さあ、もう暗い顔はいいでしょう。キャベツとトマトが寂しがっているので、もう失礼しますよ」

不安に駆られながら、部屋でひとり、急いで封を切った。同じ人をずっと想い続け、嫁入り道具を揃えて結婚生活を想像していた。手紙が届かず、不意に嫌な予感がしたものの、悪いことは考えたくなかった。セヴェリーノに忘れられるなんて、そんなことあり得るわけがない！　幼馴染みの彼と高校生のときに付き合い始め、それからは誰にも惹かれなかった。婚約してからも、いつも仲が良く、喧嘩をしなければ、疑うところもなかった。それが突然、今は大都市に住んでいるという、ただそれだけの理由で自分はもう愛されていないの？

手紙を読み始めると頭に血が上り、最後まで読む気も失せ、苛立って二枚の便箋をぐしゃぐしゃに丸めた。

「ああ、あのろくでなし！　あなたを何よりも大事にしていたのに！」

坂道を上り切ると、メルセデスは遠くの方を眺める。昔のようにはもう登れない。少し立ち止まって、深呼吸をしないと。子どものころは一気に坂道を駆け上った。それから婚約中のときも、頂上に来るまで休まなくてもよかった。でも今はゆっくり歩いて、マトリス教会の広場に着く前に一息つかないといけない。

「太ったおばさんなんだ」

日曜日も含めて、毎日ここを歩いている。雨が降ると舗装されていない道を避けて回り道をする。すると、木々に囲まれた真っ白な教会のファサードと未完成の塔が遠くに見える。

「賢い人よね、アルマンド神父は。塔をあのままにして、マトリス教会の修繕のために住民にお願いするなんて」メルセデスは息を整える。「そうでもしないと、孤児院の経費をどう賄うっていうのよね」

角を曲がるとすぐ、店先に腰を下ろしているミゲルさんの大きな体が目に入る。椅子の背もたれに寄りかかって、毛深い手で頬杖をついている。

腫れた目を押さえながら、ミゲルさんは近づいてくるメルセデスからいやらしい目を離さない。

「ちょっと熟した感はあるが、まだまだ捨てた女じゃない」手の甲で二重あごを擦りながらレバノン人が独り言ちる。「大きな胸、品のある足、立派な尻に、罪へと誘う生気のない目をしてる。男を知らずに年取って死ぬとはな。ある程度のところで処女を禁じる法律があってもおかしくない。処女のままなら修道院行きにして。こちらの気を煽って歩き回るのはいかがなものか」

ミゲルは立ち上がって、品よく振る舞う。

「ちょうどメルセデスさんのことを考えていましてね。ご注文どおりのレースが届いていますよ」

首筋を掻いて、腫れた目を押さえた。

「ただ、値段が前のままじゃなく、ほかも全部少しばかり高くなってるんですよ。同じ商品でも、次の注文をする頃には必ず値段が上がって。どこで止まるのやら。友人たちのおかげで気も休まりますが。あなたは若々しくていつも美しい。神のご加護があらんことを」

メルセデスから視線をそらさずに、レースの布を広げて寸法を測ろうとしていた。彼女はほかの商品に目を遣って気づかないふりをしていた。

「もう何人の代子がいるんですか」

「新しい子を入れて十九人になりますね」

「十九人ですか」ミゲルは繰り返す。「キリの良い数字にしませんか。今日中にハケウと話をしますよ。あなたが代母になるよう、もうひとり子どもを探します。わたしが代父になりますから。その子の家族にとって光栄でしょう」

彼女がレースの小さな包みを持って出て行くと、ミゲルさんは未来の代母を品のない視線で追い続け、椅子に戻るとまた頬杖をついた。

「十九人も代子がいるとは！　自分だったら立て続けに二十人の子どもを作れるのに！　丈夫な子どもたちばかりの！」

メルセデスは小さな腕時計を再び見る。

「九時じゃないの！　ミゲルさんの無駄話に付き合わされて！」

幸いにも道が平坦なため、急げば教会にも遅れないだろう。レースの小さな包みを見ると、新しい代子のことが頭をよぎる。小さくてぽっちゃりしたその子は、洗礼の際に着るワンピースを待っている。母親は娘の名前を代母からもらうよう言い張っている。マガリかマグノリアなら良いが、メルセデスだけはない。

「わたしのように独身のまま人生が終わるわ」

教会に入るとすぐ、いつも祈りを捧げてきたロザリオの聖母の前で跪く。主祭壇にあるブロンズの台では、二本の太いろうそくがゆっくり溶けていつまでも燃えている。

祈りが繰り返される。身廊の静寂、溶けた蠟の香り、ステンドグラスを照らす明るい光、祭壇の宗教画、主祭壇を見下ろす十字架に掛けられたキリストの青白い姿が、現世の向こう側の人生には痛みも絶望もないことをメルセデスの心の中に思い起こさせる。

婚約が破談となってしばらくの間、何もかも信じられなくなった。天に神様がいるのなら、どうしてこんな罰をお与えになったの？　傷を負ったあとで誰を信じられるというの？　窓を閉め切った家の中に数カ月も引きこもって、その間は外など見たくもなかった。それでも時は過ぎ、生活も以前のようになった。晴れの日があれば、雨の日もある。聖週間の行列があり、クリスマスの鐘の音が鳴り響いた。メルセデスはアルマンド神父から頼まれて孤児院のパーティーを計画した。結婚しないと分かってから、嫁入り道具を少しずつ片付けていった。

「天に行けば報われるはず」信仰に身を捧げて受け止めた。

ロザリオの聖母の前で跪いたメルセデスは主の祈りを急ぐと、教会横の司祭館から急に子どもたちの騒がしい声が聞こえてきた。間もなく、華奢な体をした白髪のアルマンド神父が聖具室の入り口に現れる。緊張した面持ちで両手を背中へ回している。身廊のタイルに彼の靴の擦れる音がする。子どもたちへの指導を終えた神父が聖歌隊席へ上がり、午前中はこのあと、パイプオルガンの音楽で楽しむのだろう。

聖母マリアの祈りを繰り返していると、メルセデスはふとカルメンシッタのことを思う。婚約者からの手紙はもう読んでいるはずだ。

「マリア様、彼女を悲しませないでください」祈りを続けながら願う。

アルマンド神父が聖歌隊席へと上り始め、高所でその靴音が止む。神父は立ち止まって息を吸い込み、身廊の方を見たようだ。

「そろそろ始まるわ」

パイプオルガンから旋律が流れ始め、マタイ受難曲の冒頭の楽句が歌われると、メルセデスは教会を出て司祭館へ向かった。そこにはアルマンド神父が用意してくれた小さな白塗りの部屋があり、壁にはキリスト磔刑の十字架が掛けられている。メルセデスは毎朝、救いや助言を求めて来る困窮者や生活に困っている人の世話をしていた。

神父に言われて始めたこの毎日の仕事は、もうかれこれ二十年ほどになる。若い頃から天職だと感じつつ、辛いことや不満や悩みごとを抱えた長蛇の列に適切な鎮痛剤を施してきた。癒しの言葉、人生案内、子どものしつけに対する助言をはじめ、夫婦喧嘩の場合には厳しく教え諭すこともあった。

午後にはもっと困った人たちの家へ上着や薬を持って行った。そのあとさらに、教会修繕のための寄付集めもした。

「寸暇を惜しまず働く者は、心配する暇さえない」アルマンド神父は小さな部屋で忙しくする彼女を見ると、よく声を掛けていた。

月日が経つにつれて仕事がますます楽しくなり、夜ひとりで部屋にいると、眠れなくても孤児たちの服を喜んで縫っていた。他人の子どもでも代子として愛情を注ぐことで、自分自身に子どもがいなくて落ち込む気持ちを和らげることができた。

正午ごろ、今度は司祭館の回廊で神父の靴音が聞こえてきた。入り口の脇にいる皺だらけの顔がすぐ目に入った。

「今日の信者は多かった」木製のケースに登録カードを片付けているメルセデスを見て、神父は言った。

メルセデスは手元の作業を止めずに微笑んだ。

「産科病院の空きベッド、働き口、生まれてくる子供の衣類一式、処方箋、病院での診察、公立学校への入学、出産を控えた独身の若い女。そんなことばっかり。全部に目を配ろうとするなんて、わたしって哀れですね」

背中に手を回している神父は十字架を見つめている。

「主は全て分かっておられる。あなたが呼ばれるときには永遠の命で報われるでしょう」

昼食のために自宅へ戻ると、カルメンシッタの様子を見に行くようにとの急ぎの伝言があった。事情は分かっているため、慌てて出ることもない。シダに囲まれた広いテラスでひとり昼食をとっていると、がらんと静まり返った家の中に古い壁掛け時計の小さな音が聞こえた。

十年前に父親を、その二年後には母親を亡くした。それからは年老いた二人の小間使い、使い走りの子、庭の世話係と一緒に暮らしてきた。家は広く、大部屋二つ、寝室二つ、中央に廊下、開放的なテラス、仕切りでつながっている部屋が三つ、台所、もう一つ廊下があった。生い茂った背の高い木々に囲まれた家は静かな通りの突き当り、坂の手前にあった。

「わたしの修道院なの」メルセデスは言っていた。

両親が生きていた頃から、彼女の人生は教会と司祭館での敬虔な行いに捧げられていたので、その家は修道院としか呼ばれなかった。

代子たちをそこに集めたときには、籠の中の小鳥が賑やかに鳴くようにしんとした家を明るくした。ところが、時間が経つにつれて、実際には周囲の静けさを愛おしむようになり、ふさぎ込んだ。夜の帳が下りてテーブルの上のオイルランプの音が聞こえるまで、両手にロザリオを持ってテラスの揺り椅子に腰を下ろしていた。

戸締りのあと、針仕事や諸聖人の生涯を読みながらゆっくりして眠気を待ったが、そんなときに寄り添ってくれる人がいないのは辛かった。毎日の仕事と信仰が、抱え込んできた苦悩を忘れさせてくれたが、風が窓の格子に当たって音を立てるような特に冷え込む夜には彼女の心に逆流してきた。毛布の温もりでは足りなかった。

「耐えるしかないのよ、神様が結婚を望まなかったんだから」ため息をつき、むなしく自分を励まそうとした。

カルメンシッタの深い悲しみを和らげる言葉なんてあるのかしら。物思いに耽りながら視線を宙に浮かせ、いたずらに言葉を探し求めるが、揺り椅子に座ってしまう。籐の背もたれに白髪交じりの頭をもたせ掛け、少しばかりうとうとする。そして、使い走りの子の甲高い声で目が覚める。

「あの、カルメンシッタさんからまた伝言が。様子を見に来てほしいとのことで、お忘れなく」

体の疲れが取れず、天窓に降り注ぐ太陽の光の下、椅子に心地よく腰かけていたかった。ゆっくりと靴を履くと、鏡も見ずに髪を整えてウールの上着を羽織った。

「夕食はあとで。帰りが遅れても心配しないで」メルセデスが子どものころからいる年老いた黒人の小間使いに言った。

ゆっくりと坂道を上ると、雑貨店の入り口には、相変わらず肉の付いた下あごを両手で支えるミゲルさんがいた。

「ハケウとはもう話しましたよ」親切なレバノン人は声を張り上げて言う。「わかりましたとのことです。新しい代子でキリの良い数字にできますね。この件は任せてください。もうまとまっていますから。代父と呼ぶのに慣れていってくださいよ」

「そうですね、代父さん」

カルメンシッタの家に着いたが、手を叩いて合図することもなかった。そっと門を開けて小さな庭を通り抜けると、囁き声が聞こえて悲嘆に暮れる様子を感じた。

「ああ、メルセデスさん。早く来てくれるように神様にお願いをしていたのよ」バルビーナは彼女に気づくや否や、スカートの裾で手を拭った。「ろくでなしのジョルジが婚約解消の手紙をカルメンシッタに寄越してきたのよ！　六年も待たせておいて。今ごろになってあの恥知らずな男は結婚する気がなかったと。ああ、卑劣な男！　あのペテン師にとって幸いだったのは遠くにいることね。そうじゃなかったら、このわたしが一発撃ってやるのに！」

怒りのあまり首には静脈が浮かび、手を振り乱して、目からは涙が溢れていた。

「あの大馬鹿者の手紙を受け取ってから、かわいそうなカルメンシッタは泣きっぱなし。メルセデスさんのことがすぐに浮かんだのよ。あの子のところへ行って、憐れな子を慰めてあげて。同じ苦しみを味わったんだから、上手くできるよね。どうぞ中へ入って、話をしてあげて。わたしはもう掛ける言葉も分からない。口を開けば自分も泣きそうになってしまうから。あの恥知らずを殺してやろうという怒りと憎しみの涙ね。交際五年、婚約六年の果てに『ごきげんよう、今までありがとう』って。生かしておけないでしょう、メルセデスさん！　罰は受けてもらわないと。この世の罪はこの世で償ってもらうから！」

カルメンシッタの息の詰まる嗚咽を聞いたメルセデスは、寝室のドアを開けると、ベッドにうつ伏せになり、涙に震える彼女を目にした。

ベッドの端に座り、枕にもたせ掛けていたぼさぼさの頭に優しく手を置いた。一瞬静かになると、体の震えが止まるのを待って、ウェーブの掛かった髪にそっと優しく指を滑らせながら穏やかな声で話し掛けた。

「わたしだけど、カルメンシッタ。こっちを見て」

カルメンシッタが振り向く前に、隅にある嫁入り道具の収納箱を見遣った。加工したスギで作られた箱には、銅の輪がついている。幼い頃から知るこの子の苦しみに一層深く同情した。結婚の夢が緩やかに消えていく中、そこにある道具を使っていかないといけないのだ。憐みの目で見るのは止めて、泣き腫らした目で憔悴した表情のカルメンシッタと向かい合った。

「もう生きていけない。わたしの人生は終わってしまったの。死ぬわ、もう死ぬわ」

「そんなこと言わないでよ。口にしちゃだめだって。落ち着いて、神様に委ねましょう。つらいでしょうけど、ほら」メルセデスは彼女の手を握って言った。

一時間ばかり、強い口調の中に優しさを込めて、嗚咽が収まるまで少しずつ落ち着かせようとした。

「わたしたちの運命を知っているのは神様なのよ。わたしでも、あなたでもない。そう、神様だけ。ほかにはいない。そう思うようにして。わたしたちの大事な人生はこれとは別の、試練の多いこの世界から遠いところにある。ジョルジが幸せにしてくれるって誰が保証するの？　結婚前にあなたの愛と想いに応えなかったのだから、両手を空に伸ばして神様に感謝するのよ。今のうちに分かって良かったじゃない。悲劇や素晴らしい夢が台無しになるのを見てきたし、生きてさえいれば、この人生に意味があるってことがいつか分かるから。神様を信じるのよ、カルメンシッタ」

感情がこみ上げてきて不意に黙った。カルメンシッタは顔を涙で濡らしたまま、上半身を起こして足をベッドの外へ放りだし、膝の上で手を組んで動かないでいる。胸のところが大きく開いた服を着て、真っ白な首元が露わになっている。息を切らして胸が上下に揺れている。憔悴しきった顔の腫れ上がった目は内心に向けられて、どこを見ているのか分からない。

メルセデスはそんな様子を見て、時間と孤独にあっという間に踏み荒らされる女性の美しさを不憫に思った。

「また新しい婚約者ができるかも……」

俯いたまま何も言わないカルメンシッタは、自分の中へ視線を遣っていた。すると突然、潤んだままの目を向けて苛立ちの火花を放った。

「あなたと同じで、わたしの結婚ももうないの。十二月で何歳になると思う？　二十七歳。自分で手入れしてるから、それだけ若く見えてるの。何年ジョルジのことを好きでいたか分かる？　十一年よ。男がいないこの町で夫を夢見て十一年。良い男はみんな出て行って、ここにいる人は結婚相手にならないのよ。ベッド、子ども、家がわたしの夢だったの。十一年なの、メルセデスさん！　いきなりなにもかも消えてしまうなんて。わたしの中にもう未来はないわ。それとも、まだ何かある？　男を求める体はあっても、自分が望まないの。遊び人じゃないんだから。騙されたことを憎んで、嘲笑に晒されるこの世の終わりに耐えながら、空っぽで無駄な人生を送るのよ。おばあさんだわ！　おばあさん！　夜、窓の下でくだらない男たちが、男を知らないわたしを馬鹿にするんだから。わたしは母親になるために生まれてきたの。メルセデスさんだってそうでしょう。わたしの夫に身を尽くそうと生まれてきたの。メルセデスさんが終わりかけているように、誰にも触られなかった体のまま、苦しんで老いて死ぬの！　おばあさんなんだから！　おばあさん！」

理性を失った怒りに震えるカルメンシッタから平手打ちをされたかのように、メルセデスは熱波で顔が真っ赤になるのを感じた。積もりに積もった苦悩の憤りが逆流する。なかなか言葉が出てこなかったが、落ち着いた調子で言う。

「その代わりにね、あなたが死ぬときはわたしと同じように、百合の花で飾られ、白いバラで覆われて真っ白な穢れのない棺でお墓に入るのよ」

二人は眉毛を吊り上げて一瞬見合った。口の端がわずかに震えて絶望に笑いそうになる。そうかと思うと、そのまま瞼を閉じて沈黙を続けた。赤く腫れた目を押さえる力もないカルメンシッタが、また激しく泣き出して顔を手で覆わなかったら、静かなままだっただろう。

メルセデスは彼女の頭を膝の上に乗せて、その髪を優しく撫でた。堪えきれずに涙が溢れ出した。


（岐部雅之訳）

あるクリスマス・イヴに

運命はデザインや図形を創造するのが好きだ。その難しさは複雑なところにある。だが、人生そのものはシンプルであるがゆえに難しい。

――ライナー・マリア・リルケ『マルテ・ラウリス・ブリッゲの手記』

厳かな法衣に身を包み、一段と美しく、ほっそりした司祭ドン・フェルナンドが、ひざまずいた新郎新婦の前で指輪を祝福し始めたとき、マダレナは、教会の真ん中から、たくさんのカツラや禿頭、帽子の中に元夫の紛れもない口ひげを見つけた。

「あの人だ、そう、間違いない」興奮を抑えきれない様子でつぶやきながら、彼女はほとんどつま先立ちの状態で、もっとよく見えるように螺鈿細工の手持ち眼鏡を動かした。

その後、彼女がアベラルドとシルヴィーニャの結婚式に再び関心を向けたのは、結婚行進曲を奏でるオルガンに合わせて聖歌隊が合唱したときだった。新郎新婦は、祝福を受けることになっている聖具室に隣接する広間へ向かって、赤い絨毯のうえを歩き出していた。

「ジョルジがもう六十八歳になるなんて言う人は誰もいないわ」マダレナは、彼女のそばを通り過ぎていく行列を見ながら考えた。ロングドレスを着た花嫁はとても美しく、非の打ちどころがないタキシードを着た若い花婿は一層華奢に見えた。

そのときようやく彼女は、花婿を見ているのに、元夫のことばかり考えていることに気づいた。元夫もすらりとしていて、いまだに優雅さを漂わせていた。ほぼ真っ白の豊かな髪の毛が老いを際立たせ、スーツの襟にはカーネーションを挿していた。彼と結婚したのはもう三十六年も前のことになると思い返した。

あの遠い日、タキシードにストライプのズボン姿で祭壇から降り立ったとき、ジョルジはすでに新聞に写真が載るフェンシングのチャンピオンで、オリンピックに出場し、車も所有しており、女を破滅させる男のどことなく冷淡で運命的な雰囲気を漂わせていた。彼が原因で、ある銀行家の妻が自殺した。さらに、彼をめぐって、ポルトガルの花形女優が舞台の真ん中で共演女優の顔めがけて鞭を振りおろしそうになるという派手なスキャンダルを起こした。

だが、彼の心をつなぎとめ、虜にして、意気揚々、幸せいっぱいに彼を教会へと導いたのは、小柄でぽっちゃりして、青い目で、顎が真ん中で割れた、ごく普通の英語教師の彼女、マダレナだった。

結婚生活は四年も続かなかったが、彼女はそのはるか遠い日々のことを頑ななまでに懐かしんでいた。ふたりが別れたあとも、彼女は新婚時代と同じアパートで暮らしていた。鳩時計が鳴くダイニングルーム、公園の緑の樹々に面した大きな窓のある寝室、仕事部屋として使っていたリビングルーム、タイル張りのキッチン、その隣の小さなバスルーム、すべてがとても清潔でピカピカに輝いていた。いつかジョルジが戻ってくるかもしれないと彼女は思っていた。最初の頃、彼女は孤独感にさいなまれ、読書で気を紛らわせようとしたり、もっとたくさんの生徒を任せてほしいと学院に頼み込んだりした。一方、ジョルジは相変わらずハンサムで、新聞をにぎわせていた。そして、今度は、やせてまつげが長く、運命の女《ファム・ファタール》のような雰囲気を持つ映画女優と結婚した。

その後、マダレナは穏やかな暮らしに慣れ、ジョルジの消息はつかめなくなった。彼に関するニュースは徐々に減り、ほかのフェンシングチャンピオンが現れ、相手の映画女優はポスターから消え、生活は続いていった。十一年後、彼とその映画女優が再び話題にのぼったのは、彼女が死に、彼が助かった交通事故が起きたときであった。マダレナはその時はじめて、ジョルジが地中海に面したカンヌ郊外に家を持っていて、競走馬を育てていたことを知った。

その翌年の秋の終わり頃、やはり新聞を通じて、彼が高級ブランドのオーナーであるイタリアの伯爵夫人と再婚したことを知った。

「ちょっと頭がおかしい年上の女にきまってる」雑誌に載った再婚相手の写真を見て、マダレナは思った。

さらに数年の歳月が流れた。学院での変化のない授業、長期休暇、生徒たちとの遠足、交響楽団のコンサート。マダレナはその間ずっと優秀な英語の先生であり続けた。いつも粉白粉とラベンダーの香りをさせて、きちんと身なりを整え、にこにこして、目は少し腫れぼったく、額と口角にいくつか無礼なしわを寄せて、以前と変わらず賢げに小股で歩いていた。

新郎新婦が聖具室の扉を開けると、マダレナは教会の身廊を見回してジョルジの姿を探した。

「お祝いの言葉を伝える人たちの列にいるのね」彼女はそう考えると、胸を高鳴らせながらそちらへ向かった。

しかし、いくら手持ち眼鏡をあちらこちらにかざしても、教会の側廊を埋め尽くし、聖具室の方へと続く長い列のなかに彼の姿は見当たらない。すでに立ち去ったのだろうか？

「きっとそうだわ」マダレナは左手の甲を手持ち眼鏡でとんとんとたたきながら不機嫌そうにため息をついた。「列の前の方にいて、新郎新婦を祝福するとすぐに出ていったのね」

粉白粉をはたいた顔にほのかな悲しみを浮かべ、重苦しい失望感を消し去ろうとしながら、彼女は遅々として進まない行列に並び、辛抱強く自分の順番を待った。

三十二年の別離を経て、彼女がジョルジに会ったのはその時がはじめてだった。雑誌で見かける写真から、彼が徐々に落ちぶれていく様子をある程度はわかっていた。今、祭壇の近くにいる彼を目にすると、実際の年齢より若くは見えるが、以前よりずっと年老いて、衰えているのを感じた。細い体は金色の柄の杖に寄りかかり、口ひげと、広がった髪の毛は以前と同じだった。

「ハンサムな老人ね」そう断じて、マダレナはまたため息をついた。

そして、列が進んでいることに気づかず、ぼんやり自分のことを考えていた。すぐ後ろでキーホルダーを指でもてあそんでいたやせた紳士が、小声で注意せねばならなかった。

「奥さま、お願いします」

彼女は驚いて、一歩前に踏み出した。

「すみません」

三十分後、通りに出ようと、聖具室の扉のひとつから教会の中庭へ降りて、いつもの軽快な足取りで二ブロック先のバス停へ向かった。

外はまだ午後の光が残っていたが、麦わら帽子のマダレナは、屋根の上にちらつく赤味を帯びた空の明るさよりも、自分の内面を見つめながら、古い記憶を呼び起こしていた。

「気づかれなくてよかった」元夫に思いを馳せながら、彼女は考えた。

その後、大聖堂で行われるクリスマスの深夜ミサに着て行くつもりで、まだ袖を通していなかった青いシルクのドレスを着てくることだってできた。彼女は、ガラスのビーズで飾られたその新しいドレスを、結婚式に着てきた黒いレースのドレスより気に入っていた。

「でもまあ、この姿を見られたとしても、ひどい恰好をしているというわけでもないし」バスが来ていないか通りの方に視線を向けながら、彼女はそう締めくくった。

その晴れた日は、通りの活気や冷たい風、裸の樹々と相まって、クリスマス・イヴの雰囲気にふさわしかった。家々のドアには、もみの木の枝で作ったリースに「素敵なクリスマスシーズンを《ボアス・フェスタス》」と書かれた銀色の鈴が吊り下げられていた。前方の広場には、木の枝を組んだ天幕の下に、等身大の人物を配した巨大なキリスト降誕の馬小屋のセットが見えた。

広場の方を見ながら、マダレナの目に浮かんだのは、かつて過ごしたクリスマスの風景だった。居心地のよいわが家で、三回は夫と一緒に、それ以外のときはひとりで。さらに、雪がちらつき、風が吹きすさぶなか、鐘とカリヨンが鳴り響く異国の地で過ごしたこともあった。

思い出の世界にどっぷり浸っていたので、縁石にぶつかりそうになりながら近づいてくる大きな灰色の車が目に入らなかった。間近に迫った車に驚き我に返ると、運転席のジョルジが車の中から微笑みながら彼女を見ていた。

「家まで送ろうか、マダレナ？」

「ええ、ええ」ほおを紅潮させながら彼女はあわてて答えた。

誘いを受け入れた後、まだ顔を赤らめ、耳と髪の根元をほてらせながら、もう少しもったいぶるべきだったと思った。しかし、すでにジョルジはドアを開け、杖で体を支えながら、車から降りようとしていた。

「降りる必要はないから」マダレナは言った。

するとかれは、杖の先を何とか地面につけようとしながら、

「おいおい！　どうしてだめなんだい？」笑いながら言い返した。

そばで見ると、手にはしわが寄り、小さな黒いしみが手首まで上っていて、顔にはしわがしっかり刻まれ、ゆったりした襟元で首の皮膚が少したるんでいた。しかし、その笑顔は彼の表情を若返らせる力を持っていて、目の輝きは増し、まぶたは引き締まり、口はさらに開き、日焼けした顔にはいかにも彼らしい意地悪そうな表情が浮かんだ。

彼はマダレナの手にキスをして、杖をつきながらも、彼女をエスコートして車に乗せ、ドアをバタンと閉めると、ゆっくり歩いて反対側から乗り込んだ。

そして、ハンドルに手を置いて座ると、

「落馬してから、杖を使うようになったんだ」彼はエンジンをかけながら言った。「ありがたいことに、運転に支障はなかった」

車がアスファルトの車道をなめらかに走りだすと、ジョルジはマダレナをちらりと見て、また微笑

んだ。

「ぼくたちの最初の車を覚えてるかい？　黒いポンコツのフォード車で、坂道ではものすごい音を立てるし、エンジンが止まるたびに車を飛び降りてクランク棒を回さなきゃならなかった」

マダレナも、そうね、よく覚えてる、と言いながら笑った。そして、感慨深げに付け加えた。

「ママの家を出て、私たちのアパートへ向かったのもあの車だったわね」

「そういえば、バンパーに古いバケツとたくさんの空き缶がくくりつけられたな」同じように思い出に浸りながらジョルジが言った。

彼女は笑って肯定した。

「弟のいたずらよ。みんなを笑わせるためなら何でもやってた」

「彼はどうしてるの？」ジョルジはまだ笑いながら尋ねた。

「死んだわ。もう十年になる」

「知らなかった」

ふたりは悲しみに襲われ、深刻そうに押し黙った。会話を再開したのはジョルジだった。

「今回、帰ってきて、何が一番辛いかわかるかい？　会いたい人がもうこの世にいないと知ることだよ。クラブで会えた同期の会員は、ボート競技仲間のキンカスと、ぼくにフェンシングを教えてくれたフェリッポのふたりだけだった。ふたりともよぼよぼの老いぼれだよ。特にフェリッポは。彼のことを覚えてるかい？　背が高くて、胸板が厚くて、縮れ毛の。今はやせて、ぶかぶかのジャケットのなかは骨と皮だけ、禿げ頭で、口元はくぼみ、歯はない。ぼくに気づいたのは彼の方だった。ぼくは誰かわからずに通り過ぎるところだった。フェリッポじゃないか！　まさかきみだったとは！」

そこで沈黙が流れたので、マダレナが言った。

「でもあなたは変わらない。白髪頭にはなったけれど。口ひげもね」

彼は声をあげて笑った。そして笑いを引っ込めると、

「きみは、いつの間にか、嘘がつけるようになったのかい？　きみの方こそ年をとらない。以前と同じ少女のような雰囲気、同じ香り、美しい肌のままだ。すごいよ！」

そして、突然、声の調子を変えて尋ねた。

「それできみが今どこに住んでいるのかまだ聞いてなかったね？」

「昔の私たちのアパートよ」マダレナは彼の反応を探ろうと、その顔をじっと見つめながら答えた。

「ああ！　なんてことだ！　窓からあの公園が見える？　本棚とガラスの飾り棚を置いたリビングルーム？　ダイニングルームのオーストリア製の揺り椅子？　なんてすばらしい！　なんて懐かしい！」

しかし、数年前、マダレナも、おそらく同じ語学教師である学院の同僚と一緒になって、人生をやり直そうとしていると聞いたことを思い出し、すぐに真剣な表情になった。再婚したというのが本当か聞きたかったが、確かめるのが怖くて黙り込むと同時に、赤信号の前でブレーキをかけた。

聞いてきたのは彼女だった。

「イタリアの伯爵夫人とまだ結婚してるの？」

「彼女はスイスのサナトリウムで三年くらい過ごした後、半年前に死んだよ。ぼくはひとりになってカプリの家を処分して、旅に出ることにして、今ここにいるのさ」ジョルジは答え、ハンドルを回し

て、公園の近くの緩やかな坂の小道に入った。

そしてマダレナの方を向くことなく言った。

「このとおり、道も忘れてない……」

彼は、通りのかどにあるバルコニー窓、マヌエル様式の玄関を持つピンク色の建物の前で車をとめた。そして、ハンドルに手をかけたまま、周囲を見渡し、記憶の中にある情景と、高揚したひとみに集めていた情景とを照らし合わせようとした。

「この辺はいろいろと変わったな」彼は言った。「隣のビルは新しい。そこにはガレージがあったのをよく覚えてる。その先はケーキ屋だった」

「今はレストランよ」マダレナは説明した。

そしてハンドバッグと手袋に視線を落とし、顔を真っ赤にしながら、ささやくような声で彼を誘った。

「ほかに予定がなければ、一緒にお茶でも飲まない？　昔みたいに、私がいれるから」

「いや、予定はないよ」そう答えると、彼は横のドアを開けて、道路のアスファルトに杖の先を降ろした。

彼女は手袋をはめながら、車の外に出た彼が車の前に回り込み、歩道側のドアを開けてくれるのを待った。そして彼が差し伸べた親切な手をとって車から降りた。

アパートの入り口で、ジョルジは立ち止まり、無言で、まぶたをぴくぴくさせながら視線を伸ばした。

「門番は今でもあのヌーノじいさん？」

「今は息子がやってる。とても礼儀正しくて、とても心配りができて、お父さんそっくり」

定員はたったふたりの、ゆっくりと上がる小さなエレベーターで、ジョルジはギシギシ音を立てる扉を開け、マダレナを乗せ、自分もうまく収まると、静かに、感慨にふけりながら、扉を閉めた。その瞬間、まさにそのエレベーターで初めて彼女と一緒に上がった遠い夜のことを、どうして思い出さずにいられるだろうか。今では、彼女にあの夜のようなキスはできないだろう。彼女より背が高いので、彼女の麦わら帽子も、鼻先も、プラチナのブローチが輝くふっくらした胸元もよく見えた。なのに気おくれしてしまい、彼女の腕や肩に触れる決心がつかないでいた。あれほど長い間、お互いに隠し事もなく、信頼し合っていたというのに……

八階でエレベーターが止まると、マダレナは本能的というより習慣的に、そこからは自分が主導権を握って動くのだと認識しながら先に進んだ。指先にはすでに鍵を持ち、鉄の扉から廊下の奥まで歩いていくと、そこにはクリスマスシーズンの挨拶が書かれた小さな厚紙のベルが見えた。

部屋のドアが開いたとき、ジョルジはそこで暮らしていた日々に完全に戻ったような感覚に陥った。ゆったりとした時の流れの片すみに放置されたかのように、すべてがあのときのままに思われた。刺繍入りのテーブルクロスがかかった丸テーブル、クレープ紙の造花をさした青い花瓶。正面の壁には、小窓が閉まり、振り子が揺れている杉材の鳩時計。床には以前と同じカーペット。前方にはオーストリア製の揺り椅子。同じ果物籠と、三つのイチジクと二つのリンゴの間に収まった同じ鉄製のブドウの房がのった大理石の天板のサイドボード。イギリス製のティーカップが二組、金属製のフックに吊り下げられていた。壁には結婚祝いにもらった数枚の絵。そこには獲物を追う同じグレイハウンドと、湖畔に建つノルマン様式の同じコテージが繰り返し描かれている。すべてが同じで、何ひとつ変わっていない。壁の色さえも。手綱を解かれ、首を垂れて水槽の縁で水を飲んでいる鹿毛の馬が描かれた古い壁紙は、居間と寝室に広がる直射日光から守られて、いまだに昔の色合いを保っていた。

「入って」ジョルジが入り口のドア枠から動かず、その視線を過去に向けているのを見て、マダレナは言った。

彼は杖にさらに寄りかかりながら、一歩踏み出した。

「ここを出ていったのが昨日のことのようだ」広い胸をじんわりと満たしながら、彼が声に出すと同時に、マダレナがゆっくりと閉めたドアの蝶番がきしむ音が聞こえた。

心地よい静けさの中、彼は鳩時計が時を刻む音をよりはっきりと聞き、思いをめぐらせながら、あらためて自分自身の内側を見つめ、マダレナは通り過ぎる影のように寝室のドアから消えて、そこでひそかに閉じこもった。

ひとりになると、ジョルジはよりくつろぎを感じた。そして、サイドボードの大理石の天板に腕を置いて、マダレナと一緒に過ごしたその片すみでの平穏を、そこから自分を連れ去った刺激的な生活と交換したのは間違いではなかったかと自問した。

「人はそれぞれ自分の運命にしたがうものだ」彼は自分を慰めた。

若かりしとき、その秩序に、すべてのものがあるべき場所にあることに嫌気がさしたのだ。それとも、映画館のスクリーンでは実物ほど美しくない美の女神アグライアの長いまつげのまなざしに屈しただけなのだろうか？　白髪まじりとなった今、彼は自分を取り囲んでいる平穏、かまどのそばのオーストリア製の揺り椅子、パイプ、一冊の雑誌か本、時を告げる壁の古い鳩時計を切望していた。ああ、記憶の中に強烈に蓄積された数々の感動の後、そこで静かに人生の旅を終えることができたら、どんなにいいだろう。

再び杖にからだを預け、さらに数歩歩き、同じように過去を見つめながらリビングルームへ入った。そこもすべてが以前と同じだった。詩集を中心に、ほぼ全て英語の本が調和して並ぶ閉じた書棚。部屋の一隅に置かれたスツールの上には、レコードがかけられ、ハンドルが回されるのを待つ巨大な金属ホーンの蓄音機。その先にはガラスの飾り棚があり、真ん中に収まっているのはバレエのピルエットの練習をしているタナグラ人形。別の隅には、回転椅子が置かれたライティングビューローとインク瓶に差し込まれた羽ペン。奥の壁には、金色の額縁に収まり、まるで窓ガラス越しに広がる鮮やかな緑の公園の芝生を眺めているかのように穏やかな、油絵のマダレナの両親。

そして、このときジョルジは表情をこわばらせ、顔をしかめた。左側にあった、チェス盤が置かれたゲーム用テーブルが彼の視界に入ったのだ。マダレナはチェスが嫌いで、チェスをすると眠くなるとまで言っていたのに……　今、ナイトが立ち、ルーク、キング、クイーン、ポーンと、ゲームの準備が整ったあの不思議な盤面をどう説明すればいいのだろう。

ジョルジは、そのテーブル脇の椅子に座り、チェス盤の前で、一手ごとに無言で瞑想しながら延々と駒を見ている男をやすやすと、苦しげに想像し、また、同じように憂鬱で、胸が締めつけられる思いで、書棚の横にある肘掛け椅子に座り、ランプシェードの光の下で、読書にふけるマダレナの穏やかで幸せそうな姿も思い浮かべた。

それから、傷心のまま、その邪魔なチェスの男の痕跡がほかにないか部屋中探し回った。

「まちがいない。彼女は本当に学院の同僚と結婚したんだ」彼は悲しげに考えた。

彼は窓辺に歩み寄り、公園の緑で心の痛みを和らげようとした。午後の日が陰り、一番星がひょろっとした木々の上に光っていることにほとんど気づかなかった。

その時、リビングルームの入口でマダレナの声がした。

「くつろいでね。今、お茶を用意するから」

彼は公園に背を向け、彼女の顔を見てうなずいた。彼女はドレスを着替え、エプロンをつけ、髪型も変えていた。髪をアップにし、肘まで腕を出していた。あごの真ん中あたりに青っぽいほくろがある彼女は若く見えた。

一瞬目が合うと、ふたりとも恥ずかしそうに黙ったまま、彼は悲しげに微笑み、彼女も微笑んだ。彼が上着のポケットに手を入れてパイプを探していると、彼女は目をそらし、キッチンへと歩いていった。

再びひとりになったジョルジは、窓枠にもたれながら、ゆっくりとパイプに煙草を詰めた。最初の一服を吸うと、重い足取りで、ゆっくりとダイニングルームに戻った。

マダレナはシャンデリアの明かりを灯していて、テーブルにはすでに二つのティーカップ、銀のシュガーボウル、バター入れ、ジャムポット、陶器の鍋敷き、リネンのナプキンが用意されていた。

オーストリア製の揺り椅子に座る前に、ジョルジは寝室の方角を見て、そこへ行こうかどうか迷った。そして、ついに決心し、体に力を込め、何が起きようと受け入れることにした。実際、別れも告げずに彼女のもとを去ったのは自分なのだから、マダレナに問いただす筋合いはなかった。

まず、公園に面した二つの窓の間に置かれた広い寝室の大きなベッドが目に入った。赤いベッドカバーがカーペットに引きずられるように両側に垂れさがっていた。ベッドサイドの鏡の上の壁には、ほとんど色あせてしまった古い版画の聖母子像があった。金色のリング状の取っ手がついた黒っぽい木のチェストは、ドーム型ガラスケースが守る聖アンナ像の台座になっていた。

「すべて僕がいたときと同じだ」すでに寝室の中にいたジョルジは、クローゼットの横で気づいた。

しかし、ベッドの足元のカーペットに視線を落とし、片方には青地に白の入ったマダレナのサンダル、もう片方には毎日フランネルで磨かれ光沢はあるものの、もうすっかり履き古した男性用のスリッパがあるのを見て、すぐにたじろいだ。

「彼のものだ」ジョルジは杖に寄りかかりながら、今にもマダレナの夫と出くわすだろうと確信した。

そして、その場から立ち去りたいという衝動に駆られた。もはや耐えがたかった。立ち去ることはできる。何の問題もないはずだ。一瞬、自分の失望の証しをもうひとつ探し出そうとする者の痛ましい好奇心に駆られ、ベッドに近づき、ふたつの枕を持ち上げようとした。それぞれの下に、夜の闇が助けてくれる夫婦間の秘め事を待って、ダマスク織のベッドカバーの上に丁寧にたたまれたネグリジェとパジャマを見つけるだろうと確信していた。しかし、彼は眉をさらにひそめながら何とか自分を抑えると、うなだれて、手のひらに火を消したパイプを持ち、体を引きずるように寝室から出ていった。

ダイニングルームで、玄関ドアに向かう途中にあるオーストリア製の揺り椅子のそばを通りかかると、鳩時計が時を告げるのが聞こえた。彼は立ち止まり、顔をあげ、開いた小窓から小鳥が身を乗り出すのを目にし、それが、メヌエットの音符の間に、グルッグル、グルッグルと歌い終わるのを待った。そして歌が終わると、溶けたチーズのジュージューという音にまじってキッチンから漂ってくるトーストしたパンの強い匂いをかぎながら、椅子に座っている自分に気がついた。

彼は膝の上に杖を置き、部屋を見渡しながら、徐々に、過去の詩的な思い出で胸を満たし、片隅にあった陶器製のキリスト降誕場面の置物の奥に立つ小さな松の木を見つけると、昔のように椅子に揺られ始めた。

「あなたの好きなようにトーストを作ったの」そう言いながら、マダレナが銀の大皿を手に台所から出てきた。

ストーブの熱で彼女の顔はさらにバラ色になり、目には輝きが増していた。そして、気配りしているという満足感から嬉しそうに微笑んだ。彼女は銀の大皿をテーブルに置き、急いで台所に戻った。

「こっちへ来て、自分の席についてね」彼女は戻り際にこう言いながら、テーブルの椅子のひとつを指さした。「以前はそこに座っていたでしょう」

そして、彼がナプキンを手にとりながら座ろうとしたとき、マダレナが湯気の立つティーポットを持ってきた。

「香港のお茶よ。本当に美味しいの」彼女はそう言って、ティーポットを陶器の鍋敷きに置いた。

「時々、私の生徒たちがサプライズをしてくれるの。最近ではこのお茶」

ジョルジの向かい側に座る前に、彼女はエプロンをとり、女主人の姿に戻り、髪を整え、服の襟を直した。席につくと、両手をテーブルの縁に置き、目を閉じ、軽くくちびるを動かして、ささやくように祈りを唱えた。それから、また微笑み、ナプキンを広げ、ティーカップの底にレモンのスライスを置きながら、会話をリードしようとした。

「ここへは遊びに来たの？　それとも、しばらくいるつもりなの？」彼女は尋ねた。

そして、整然と、丁寧に、彼にお茶を入れながら、時には深刻そうに、時には笑いながら、彼の言葉に耳を傾けた。とてもきついボディスーツの下で、とりわけジョルジが滞在するつもりだと答えるのを聞いたときに、彼女の心臓の鼓動が速くなっていることを感じさせることはなかった。

「それで、きみは？　何をしていたんだい？」彼女の話を聞きたくて、ジョルジが尋ねた。

「教えたり、本を読んだり、旅行をしたり」トーストを口の前に置いて、悲しそうな目をしながら、マダレナが答えた。

すると、彼は、沈黙の後、部屋をちらりと見渡しながら、

「よくもまあ、これだけのものをぼくたちの時代と同じまま残してくれたものだと感心してるよ。同じだ。ほんとうに同じだ。何も変わっていない」

彼女は紅茶をひと口飲み、彼はトレイからもう一枚トーストを取り、食べ始めた。

長い沈黙の中、鳩時計の音が、暖炉の電気ヒーターの乾いた音を伴って、より大きく聞こえた。

そしてマダレナは言った。

「私は昔から、自分のものを大切にするのが好きなの。自分が気に入っているのなら、なぜ変える必

要があるの？　私はいつもそうだった。子供のころから。この前、キャビネットの書類を整理していて、何を見つけたかわかる？　はじめての教科書とたくさんの宿題ノート！　感激して、泣いてしまった」

彼女は紅茶をもうひと口飲んで微笑んだ。

「ママが死んだとき」彼女は同じようにゆっくりとした口調で続けた。「パパのチェス盤を誰が引き取るかで弟と喧嘩しそうになったの。なんとか私が持って帰ることができたけど、その理由を知れば、おかしいと思うはず。笑ってもいいわ。聞いて。私が子どもだったころ、パパは私を膝の上に座らせて、石製のチェスセットで物語を語ってくれた」

彼女は笑い、ナプキンの端でくちびるを拭い、ジョルジにもう一杯紅茶を注ごうとティーポットをつかむ仕草をした。

「いや、もういいよ」彼はカップの上に手をかざしながら礼を言った。

そして夜が更けると、外では少しずつクリスマスの雰囲気が漂い始め、間をおいて花火があがったり、鐘が鳴ったり、ラジオ局が「きよしこの夜」のメロディーを繰り返し流したりしていた。

ジョルジはオーストリア製の揺り椅子に戻り、マダレナはテーブルを片づけ、再び刺繍入りのテーブルクロスの上にクレープ紙の造花をさした青い花瓶を置いた。それから、肘掛け椅子に座り、足を組み、両手を膝の上に置いて、まるで肖像画に描かれているかのようにほとんど動かなかった。

気軽な会話の中で、ジョルジは何度も、彼女に夫のことを尋ねようとした。もうそろそろやって来るはずだ、と思った。あるいは、生徒たちと遠足に出かけているのかもしれない、と考えた。いずれにせよ、ベッドの足元にあるスリッパだけでなく、周囲の空間にも彼の存在を感じ、定義も説明もできない微妙な何かに咎められているようだった。

九時になって鳩時計に警告され、帰ろうと立ち上がろうとすると、まるで椅子の藁のなかにめり込んだ自分の体の根っこを引っ張り出すかのような感じで、なかなか立ち上がれない感覚を覚えた。

「どういうこと？」彼が別れを告げるために手を差し出すのを見て、マダレナが怪訝そうに尋ねた。

「そろそろ帰るよ」

「まだここにいて、一緒にクリスマスの深夜ミサに行かない？」彼女は紅潮した表情に懇願するような目で提案した。

すると彼は、両手で杖の柄を持ちながら、

「ぼくにそんな権利はない……」

「どうして？」マダレナは確信に満ちた声で返した。

「今では私たちはふたりの老人。あなたは六十八歳で、私は六十歳になろうとしている。私たちは自分たちだけを満足させればいいの」

ジョルジは、杖の柄に両手をかけたまま、頭を垂れ、視線を床に落として、ためらっているようだった。そして、ようやく目を上げた。

「どうしてぼくがきみと一緒に行けないか、わけを知りたい？」

「教えて」

ジョルジはマダレナの腕をとって、寝室のドアまで連れて行った。そして、杖の先でスリッパを指した。

「あれだよ」

「スリッパ？」彼女は驚いて聞いた。

「そうだよ」

彼は暗い顔をして、険しい声で肯定した。

マダレナは顔をほころばせ、大声をあげて笑ったが、すぐに感動を覚え、笑いを抑えようとした。

そして、彼の手を握って、微笑みながら、

「スリッパはあなたのものよ、ジョルジ。三十二年間ずっとあそこで、あなたを待っていたの！」

（平田恵津子訳）

リジア・ファグンジス・テーリス

蟻

従妹と私がタクシーを降りたときにはすでに日も暮れかかっていた。古びた屋敷を前に立ちすくんだ。楕円形の窓は悲しげな二つの目のようで、一つは石を投げられて枠だけになっている。トランクを地面に置くと、従妹の腕をぎゅっとつかんだ。

「薄気味悪いね」

彼女は私を扉のほうへと押しやった。行くしかない。辺りには二人の貧乏学生に手ごろな値段で部屋のコンロを自由に使わせてくれるような下宿屋はないもの。女主人は電話で、火事さえ起こさなければ軽食を作ったって構わないと言ってくれた。すこぶる古い階段を上る。消毒剤《クレオリン》のにおいが漂う。

「少なくともゴキブリの気配はしないね」従妹が言った。

年配のずんぐりとした女主人は黒鳥《グラウーナ》の羽よりも黒々としたかつらをつけていた。日本の着物地のパジャマは色褪せ、鉤のような爪にごってりと塗られた暗い赤のマニキュアは先が薄汚く剥げている。

小さな葉巻に火をつけ、

「医学生っていうのはあんたかい」私に向かって煙を吐き出しながら尋ねる。

「私は法律を勉強しています。医学生なのは、彼女です」

女は私たちを無遠慮に品定めした。あまりに濃い煙を吹きかけられ、顔をそむけずにはいられなかった。その時にはもう私の返事などどうでもよかったに違いない。小さな部屋はうす暗く、ちぐはぐな古い家具が所狭しと置かれていた。座面に穴の開いた籐の長椅子には、ビーズ刺繍が施された古着の切れ端で作ったらしいクッションが二つ載っている。

「部屋に案内するわ。屋根裏だよ」激しく咳込みながら付いてこいと合図をする。「前にここを貸してた人も医学を勉強してたの。そこに骨の箱を置いていって、後で取りに来る約束だったんだけどね、それっきりなんだよ」

「骨の箱？」

従妹が聞き返す。

女はそれには構わず部屋への螺旋階段をひたすら上っていく。明かりをつける。部屋はこれ以上ないほど狭く、天井の急勾配が迫っていて手をついて中に入らなければならないほどだった。二つのベッド、二つの戸棚、テーブル、金色に塗られた籐の椅子。天井が床につきそうなその隅にビニールが掛けられた箱があった。従妹はトランクを置くと、膝をついて箱の取っ手の紐に手をかけて引き寄せ、ビニールを除けた。すっかり魅入られたようだった。

「なんて小っちゃな骨なの！　子どもですか」

「大人の骨だって言ってたねえ。小人《こびと》だって」

「小人ですって？　そう、大人なのね。すごいな。小人の骸骨なんて滅多に見られないもの。それにとてもきれい、ほら見て」彼女は心を奪われたようすで指先で真っ白な石灰色の小さな頭蓋骨を持ち上げた。

「完璧。小さい歯も揃ってる」

「ごみに出してしまうつもりだったんだけど、あんたが気に入ったならあげるよ。バスルームはこの隣、あんたたち専用さ、私は下に自分用のがあるからね。熱いシャワーは別料金、電話もね。朝食は七時から九時まで。台所に支度しておくよ。魔法瓶も置いておくから、しっかり蓋を閉めておいておくれ」頭を掻きながら伝えると、かつらが少しずれた。最後に煙を吐き出すと、「扉を開けっぱなしはだめだよ。猫が逃げるから」

　彼女のヒールのあるサンダルが階段を下りていく音を聞きながら、私たちは顔を見合わせて笑った。風邪をひいたような咳が聞こえた。

　私はトランクを開けて、しわくちゃのブラウスをハンガーに吊るしブラインドの隙間に引っ掛けた。グラスマンの版画を壁にテープで留め、縫いぐるみのクマを枕の上に座らせた。そして、天井の真ん中に紐でぽつんとぶら下がった今にも消えそうな電球を、椅子に乗った従妹がねじって外し、二百カンデラの電球を袋から出してそこに取り付けるのを眺めていた。部屋は明るくなったが、その一方で寝具が真っ白ではないことがわかった。真っ白なのは従妹が箱から取り出した小さな脛骨だった。彼女はそれをしげしげと眺めた。椎骨を手に取るとその指輪ほどのわずかな穴を覗き込んだ。そして卵を積むかのように箱に丁寧に納めた。

「小人だなんて。なかなか見られるものじゃない。小さい骨まで全部揃っているみたい。留め具で全身をつなごうと思う。週末には始められるかな」

イワシの缶詰を開けてパンと一緒に食べた。従妹は常々何かしら缶詰をこっそり持っていた。いつも夜半過ぎまで勉強し、そのあと夜食にするのだ。パンを食べ終えると彼女はマリービスケットの箱を開けた。

「このにおい、どこからかなあ」箱のそばに行って嗅いでみる。戻ってさらに床のにおいも確かめる。

「ちょっと変なにおいがしない？」

「カビでしょう。家じゅうこのにおいがする」そう言うと彼女は箱を自分のベッドの下に引き入れた。

夢を見た。チェック柄のベストを着て金髪を真ん中で分けた小人が葉巻を吹かしながら部屋に入ってきた。従妹のベッドに短い脚を組んで座り、眠っている彼女を真剣な表情で見つめている。「部屋に小人が！」そう叫ぼうとしたところで目が覚めた。明かりがついていた。まだ服を着たままの従妹が膝をついて床のどこかをじっと見ている。

「何してるの」

「蟻。出てきたなと思ったら、あっという間に集まってきたの。ひたすらにつき進んでいくよ、ほら」

起き上がった私が目にしたのは、扉の下の隙間からぎっしりと列をなして入ってくる小さな赤褐色の蟻だった。部屋を横切って骨の箱の側面を登り、その中へとなだれ込んでいく。軍隊の模範的な行進さながらに、規律正しい。

「何千匹も、こんなにたくさんの蟻は見たことがないよ。それにしても戻ってはいかないね。入ってくるだけで」訝しんだ。

「ほんと……」

私は彼女に気味の悪い夢について語った。小人がそのベッドに座っていたと。

「小人ならベッドの下だよ」そう言って従妹は箱を引き出し、ビニールを除けた。「蟻で真っ黒、アルコールの瓶をちょうだい」

「骨の中に何か残っていて、それに寄ってきたんじゃないの。蟻は何でも嗅ぎつけるから。私だったら外へ持っていくよ」

「骨は申し分なくきれいだってば。言ったでしょ。軟骨のくずの一つも残っていない。これ以上なくきれい。この盗賊たちが何を嗅ぎつけてやってきたのか知りたいものだわ」

彼女は箱じゅうにアルコールをたっぷりとふりかけた。そして靴を履き、ワイヤーの上を渡る曲芸師のように交互に片足ずつ蟻の行列を踏みつぶす。それを二往復。煙草を消し、椅子を引く。それから箱の中を覗き込む。

「おかしいなあ、本当におかしい」

「何が」

「頭蓋骨を骨の一番上にちゃんと置いたはずなんだけど。転がらないように念のため肩甲骨で抑えておいたはずなの。それなのに今は箱の底にあるの。両側に肩甲骨を一つずつ付けて。ひょっとしてあなたが動かした？」

「いい加減にしてよ。骨、しかも小人だなんて、気持ち悪い」

従妹は箱にビニールを掛け、足で押しやると、テーブルにコンロを載せた。彼女のお茶の時間だった。床の蟻の死骸の行列はぺちゃんこの黒い帯になっていた。私の足元を虐殺を免れた小さな蟻が横切る。踏みつぶそうとしたそのとき、絶望した人がするように前足で頭を抱え込んだ。床板の隙間に消えるのを見逃してやった。

また嫌な夢を見た。しかし今度は昔からよく見る試験の悪夢だ。先生から次々と質問されるが何も答えられない。勉強しなかった唯一の箇所なのだ。目覚まし時計がけたたましく鳴り響く。六時だ。ベルを止めたが、従妹は頭から毛布をかぶって眠っていた。バスルームで私は注意深く壁を観察した。セメントの床へ目をやるが、蟻は一匹もいなかった。爪先立って戻り、ブラインドを少し開ける。夜に感じた妙なにおいはしなくなっていた。床を見る。殺戮された兵士の行列もまた消えてなくなっていた。ベッドの下を覗くがビニールの掛かった箱には蟻の気配などまったく無い。

夜の七時ごろ戻ると従妹はすでに部屋にいた。あまりにだるそうな様子だったので私はオムレツにたっぷりと塩を振った。彼女は低血圧なのだ。ものも言わず平らげる。そのときふと思い出した。

「そういえば蟻は？」

「今のところ一匹も見てないよ」

「死骸を掃除してくれたの？」

私の顔を見つめる。

「掃除なんかしていないよ。疲れ切っていたし。あなたじゃないの？」

「私？　起きたときには床に蟻なんて影も形もなかったよ。てっきりあなたが寝る前に片づけてくれたものと思ってた。じゃあいったい誰が？」

彼女は斜視の目に力を込めた。斜視になるのは何か心配事があるときだ。

「本当に変。こんなにおかしなことってあるかしら」

板チョコを取りに立つと、扉のところでまたあのにおいがした。カビだろうか。そのような穏やかなものではないように思えた。従妹にそのことを言いたかったが、かなり気が滅入った様子なのでそっとしておくことにした。部屋中にリンゴの花のオーデコロンを撒き散らし（でも果樹園の香りがしたなら……）早々に横になった。もう一つの悪夢を見た。口頭試験の夢と同じぐらいよく見る夢だ。二人の恋人と同時に会う約束をする。場所も同じ。一人目がやってきて、私は二人目が来る前に何とかして彼をそこから連れ出そうとするのだ。そして、今夜の二人目はなんと小人だった。深い無音の闇の中をぼんやりと漂っている私を従妹の声が釣り針のように引き戻す。何とか目を開けると、パジャマ姿の彼女が私のベッドの端に座っていた。目が完全に寄っている。

「また来たの」

「誰が」

「蟻。攻めてくるのは決まって夜、夜中なんだね。またこんなに」

昨夜の隊列が同じ道筋をまっしぐらに進んでいた。扉から骨の箱へ、そして隊を崩すことなく上り、箱の中に消えていく。帰り道はない。

「骨は」

彼女は毛布にくるまって震えていた。

「そこにあるよ。何かが起こったんだけど、もう訳がわからない！　三時頃だったかな、トイレに起きて戻ってきたら部屋に何かいる気がしたの、わかる？　床に蟻の大行列が。ほら、私たちが帰ってきた時には一匹もいなかったよね。箱を覗いたら、もちろん中は蟻がうじゃうじゃしてた。でも、跳びあがるほど驚いたのはそのことじゃなくて、もっと恐ろしいことなの。骨が移動しているの。まさかとは思っていたけれど、間違いない。少しずつ……少しずつできてるの」

「どういうこと、できてるって？」

従妹は押し黙った。寒さに震えがきた私は、彼女の毛布の端を引き寄せ、クマをシーツにくるんだ。

「覚えてる？　肩甲骨の間にあった頭蓋骨のこと。私はそんな風には置いてない。今度は背骨がほとんどでき上がってるの。椎骨が繋がっていて、小さい骨が順番通りに収まってる。知識のある誰かが骸骨を組み立てているの、少しずつ……、ほら見て」

「勘弁して。見たくもない。くっつけて小人の形にしてる、ってこと？」

私たちは猛烈な速さの行進から目を離すことができなかった。塵ひとつの隙間もないほどひしめき合っている。細心の注意を払って隊列を跨ぎお茶を沸かしに行くと、列からはみ出した小さな蟻(昨晩のあの蟻かしら)が前足の間で頭を震わせている。私は笑い出した。床が占領されていなければ笑い転げていただろう。私のベッドでふたり一緒に眠った。私が一時間目の授業に出かけたとき彼女はまだ眠っていた。床の蟻は、死んでいるのも生きているのも、朝の光に跡形もなく消えていた。

その夜は同級生の結婚パーティーがあり帰りが遅くなった。歌いだしたいほどに上機嫌だった。飲み過ぎたのだ。階段を上りながら記憶によみがえった。そうだ、小人。従妹はテーブルを扉のそばまで引きずってきて、コンロでポットに湯を沸かしながら勉強していた。

「今日はずっと起きているつもり。見張っていようと思うの」と彼女は言った。床には何もなかった。

私はクマを抱きしめた。

「怖い」

彼女は私のために二日酔いの薬を取り出してお茶と一緒に飲ませ、服を脱ぐのを手伝ってくれた。

「見張っているから安心して眠ってね。今のところ一匹もいないよ。まだその時間じゃない。でももうすぐだよ。虫眼鏡で扉の下を調べたけれど、どこからやってくるのか突き止められなかった」

私はベッドに倒れこんだ。返事もしなかったように思う。階段を上りきったところで小人が私の両手首を掴み、私と一緒にぐるぐる回る。部屋まで来たとき、起きて！　起きて！　従妹が私の両肘を掴んでいることがわかるまでに時間がかかった。青ざめて寄り目になっている。

「また来たの」

私はがんがんする頭を両手で押さえた。

「いるの？」

まるで小さな蟻が話しているかのように、か細い声で彼女が言う。

「テーブルで居眠りしてしまったの、疲れていて。目が覚めたときにはすっかり大行列ができてた。箱を見ると、思った通りだった」

「何なの。早く言って。どうしたの？」

彼女は焦点の合わない目でベッドの下の箱を見据える。

「本当に小人を組み立てているの。その速いことと言ったら、わかる？　骸骨は殆どでき上がっていて後は大腿骨だけなの。それと左手の小さい骨、そんなのあっという間にできてしまう。ここから出ていかなくちゃ」

「本気で言ってるの？」

「出ていこう。もう荷物もまとめた」

テーブルはきれいに片づけられ、戸棚は空っぽで開け放たれている。

「でも、こんな夜中に？　こんな風に出て行っても大丈夫かな」

「今すぐじゃなきゃだめ。魔女が起きてくる前に。さあ、立って」

「で、どこへ行くの？」

「そんなことはどうだっていい、後で考えましょ。早くこれを着て。小人ができ上がる前にここを出なきゃ」

横目で行進を見る。これまでよりさらに凄まじい勢いで進んでいるようだ。靴を履き、壁の版画を剥がし、クマを上着のポケットに突っ込む。トランクを引きずるようにして階段を降りると、部屋からあのにおいがいつにも増して強く漂ってくる。扉は開けっ放し。聞こえてきたのは猫がニャーオと鳴く声か、それとも叫び声か。
空には明け方の星たちがすでに光を失っていた。家を振り返ると、空洞の窓だけが私たちを見ていた。もう一つの目はぼんやりと暗かった。

（神谷加奈子訳）

肩に手が……

男は灰色掛かった緑色の空を奇妙に思った。細い木枝の冠を戴いた蠟の月、不透明な背景に精細に浮かび上がる木葉。月だろうか、それとも輝きを失った太陽だろうか？　古い銅銭のようにくすんだ光に包まれた庭は、もう夕暮れなのか、それとも夜が明けようとしているのか判別しにくかった。奇妙だった。雑草の湿気た匂い。まるで絵の中のような結晶化された沈黙。一人の男（彼自身）もその光景の一部を成していた。小径《こみち》を進む。熾火の色をする木葉が敷き詰められているが、秋ではない。春でもない。蝶を誘う花の甘い香りが欠けている。蝶も小鳥も見えない。無花果の樹の幹に手を掛けた。生木なのに冷たい。幹には蟻もいなければ樹液もない。なぜか裂け目に固まった樹液があるだろうと思っていた、夏ではないのに。冬でもないが、石のぬるりとした冷たさが会社に忘れてきた外套のことを彼に思い出させた。庭は時間の外にあるが、自分の時間の中にある、と彼は思った。

腐植質は地面から立ちのぼりその風景と同じく彼から活力を奪う。自分は空っぽだ。根を持たないい浮遊感と不安が入り混じる。血管を割いたとしても血の一滴だに流れないだろう。一枚の葉を手に取った。一体何の庭なのか？　ここに来たことなど一度もなければ、どうやって見つけたかも分からない。だが分かっていた。というより熟知していた。日常が壊れ、何かが起ころうとしていることを。何なのか?!　鼓動が速まるのを感じた。慣れ切ってしまっていた。想定外のことはなく、謎もない決まり切った日常に。だが今この時、この異様な庭が彼の行く手を塞いでいる。彫像のあるこの庭――あれは彫像ではなかったのか？

スカートと素足が濡れないよう、ドレスの裾を淑やかに捲り上げていた大理石の娘に近付いた。取るに足りない、臆病な娘は乾いた池《タンク》の中央で、注意深く足踏みし、周りに積み上げられた踏み石を慎重に選んでいる。しかし、華奢な足はかつて水に浸っていた時の名残で指と指との間が侵食されていた。黒い筋が彼女の頭のてっぺんから顔を通って下っていき、ほどけた胴着の中から垣間見える胸の谷間で波打ち消えていた。その筋は顔面でより深くなっており、鼻の左側を抉っているが分かった。しかし、どうして雨水は執拗にそこばかりを通ったのか？　渦巻く髪を見た。巻き毛が愛撫を誘うような首筋に垂れていた。「さあ、手を貸しましょう」と手を差し出したが引っ込めた。蜘蛛の巣を巻きつけながら、毛虫が小さな耳から這い出て来た。

彼は枯れ葉を落とし、ポケットに手を突っ込み、彫刻と同じ慎重さで歩を進めた。ベゴニアの叢を迂回し、二本の糸杉の間でよろめき（しかしあの彫像は何を意味するのか?・）、陰気さが幾らかましな小径に入った。何ということはない庭だが、父が好んで彼と興じたパズルのように憔悴させられる。精細な森の絵の中に猟師が隠れている。さあ、おまえ、早く見つけるんだ。負けないぞ。さあ、見てごらん。雲の中は見たか？　その木は？　その枝と葉っぱの中に隠れちゃいないか？　地面だ。地面は見たか？　その小川のカーブが帽子の形をしていないか？

階段にいるよ、と答える。不思議にも馴染みのあるその猟師は後ろからやってくるのだ。彼が座ろうとしている石のベンチに向かって。すぐそこのベンチだ。出し抜けに驚かせないように（不意打ちが大の苦手だ）、彼の肩に手を置く前にさりげなく合図をくれるだろう。そうしたら振り向いて見てやろう。立ち竦んだ。天啓が彼をよろめかせ、失神しそうになった――分かったのだ。目を閉じ、顔を覆った。地面に膝を突かんばかりに身を屈めた。だがもし振り返ったら、その声に応えたら、それは肩に落ちる葉っぱか何かかもしれない。身体《からだ》をだんだんと伸ばす。両手を髪へと移す。自分は庭に観察されていると感じた。すぐ先の控え目に微笑む小さな薔薇の茂みにさえに裁かれていると。恥じ入った。神よ、いとも簡単に取り乱したことを詫びるように呟いた。何て哀れな役回りだ。もし友人だったら？　ただの友人なら？　口笛を吹き始めた。その最初のメロディーが彼を幼年時代へと誘った。聖金曜日の行進でキリスト受難の服を着ていた。キリストはガラスの棺の中で大きくなり、頭上に持ち上げられ揺れていた。「母さん、抱っこしてよ。見たいんだ！」しかし、依然として高すぎた。行進でも、その後の教会でも。紫布の台の上に置かれ、手への接吻のために棺から出された。人びとの顔に浮かぶ自責の念。神の子の後に怯えながら続く者たちの足を竦ませる畏怖。この御方さえそうなるなら、我々はどうなる……。望みは悪夢が去り、夜が明けて土曜日になること。土曜日に復活する！　しかし、まだ黒衣の集団の時間。次に松明。その後は吊り香炉。左右に振られる、鎖の届く範囲まで。サーッ！　サーッ！「まだ時間が掛かるの、母さん？」深刻なこと、奥深いこと全てから逃げ出したいという思いは間違いなくその夜から始まった。最初の角で逃げ出すつもりだった。偽物の棘の冠も、赤いマントも脱ぎ捨て、聖なる死者から逃げるのだ。聖なる、だが死者は死者だ。後になって気が付いたが、行進は決まった道を進んだので、姿を晦ますのは容易だった。でも依然として、難しいのは自分自身から逃げることだ。心の奥底では不安の種はいつも夜だった。本物の棘が彼の肉を突き刺す。ああ、なぜ朝が来ないのだろう、夜明けよ、早く!

むした苔のせいで緑になったベンチに腰を下ろした。辺りはより静かで湿気を帯びている。ようやく庭の中心へと着いた。指先を苔に這わせた。彼自身の口から生えているかのように繊細に感じた。爪を確認する。そして身を屈めると、千切れてズボンの裾のあちこちに纏わりついた蜘蛛の巣を取り除いた——白いシャツの曲芸師(サーカスの初日だったかな?)が空中ブランコから落ちて、安全網を突き破り、リングに叩きつけられた。伯母は急いで彼の目を覆った。「見ちゃ駄目、いいこと!」けれども、手袋を嵌めた指の間から落ちて引きずられた網の下でもがき苦しむ身体が見えた。痙攣は少しずつ間を置くようになり動かなくなった。虫のような脚だけがまだ小刻みに震えていた。伯母が彼をサーカスの外へ連れ出した時、先の尖った足は破れた網から外れて、最後にピクンとした。麻痺した自分の足を見て動かそうとした。だが痺れは既に膝まで上がっていた。連動して次に痺れたのは左腕だった。哀れな鉛の腕よ。錬金術とは卑金属を金に変えることだと習った時のことを感慨深く思い出した。鉛は卑金属だったか? 右手でぶらりと垂れ下がった腕を支えた。優しく腕を膝の上に乗せた——もう逃げることは出来なかった。どこに逃げられよう? 庭はどこに行っても階段に突き当たるのに。そこから帽子を被った猟師がやって来る。永遠の庭の永遠の住人。ここでは彼だけは死ぬことが出来る。例外だ。そして私はここまでやってきたのだから死ぬのだろう。こんなにも早く？　左右を見つめて怖じ気付いた。後ろを見ることはなかった。眩暈が再び彼の両目を瞑らせた。ベンチにしがみついて平衡を保った。「嫌だ！」と叫んだ。「神様、今はまだ、もう少し待ってくれ、まだ心の準備が出来ていないんだ！」口を閉じると階段を静かに下りる跫《あしおと》が聞こえた。微風《そよかぜ》よりも幽かな息づかいが小径に命を吹き込んだようだった。もう背後にいるに違いない。腕が肩に伸びるのを感じた。「私だよ」と合図するように震えながら（それは親し気でもあり遠慮がちでもある）、手がだんだん下りてくる気配がした。優しい接触。起きなければならない。全身を引きつらせながら命じた。これはただの夢だ！　起きなければ！　起きろ。起きろ。繰り返した。両目を開けた。

　胸に押し付けていたのが枕だと分かるまで少し時間が掛かった。顎を伝っていた生温かい涎を拭き取ると、肩まで上掛けを引っ張り上げた。何ていう夢だ！　重くむずがゆい左手を閉じたり開いたりしながら呟いた。足を伸ばした。妻が窓を開け、よく眠れましたかと訊ねた時、背後に死が迫った庭の夢を話したかった。死んでしまう夢を見たよ、と。しかし、彼女は冗談で返すだろう。「そうじゃない夢なら珍しくなくて？」壁の方に寝返りを打った。ユーモアを利かした返答は真っ平ごめんだ。まして彼女が機知を見せびらかすなら、どれほど苛つくだろう。他人を笑って楽しむのは好きでも、自分が笑われると腹を立てる癖に。痛む腕を揉みながら「どのネクタイにされます？　とてもいい天気ですこと」という声に適当に答えた。庭は昼間だったのか、夜だったのか？　何度も他人の死のことは考えたことがあるし、親しい者を看取ったこともあるが、よもや自分が何時《いつ》か死ぬかもしれないなどと想像したことはなかった。一度たりとも。何時かって？　遠い先の何時か。あまりにも遠く視線が届かない何時か。彼自身も忘却の彼方、遠く離れた老いの埃の中に消えてゆく。無へと。今はまだ五十歳にもなっていない。腕を確かめる。そして、指。力なく立ち上がり、ガウンを纏った。奇妙ではないか？ 庭から逃げるということを考えなかったのだ。窓の方へ振り向き、手を太陽に差し出した。もちろん考えた。だが力の入らない足と腕は抜け出すのは無理だと悟らせてくれた。というのも、全ての道が階段に突き当たるからだ。だからベンチに残る以外は仕様がなかった。そして背後からやって来る無慈悲で繊細な呼び声を待つしかなかった。「それで？」と妻が訊ねた。吃驚した。「それで何なのだ」彼女は顔にクリームを塗りながら、鏡越しに彼を見張っていた。「それで、運動はなさらないの？」と。「今日はやめとくさ」、首筋を揉みながら答える。「あら、そう……シャワーもおやめに？」と顎を叩きながらまた訊ねてくる。彼はスリッパを履いた――こんなに疲労困憊していなければ彼女のことを憎んだかもしれない。それに何て音痴なんだ！（今度は鼻歌だ）耳が良くなかった。声はまあまあだったが、とにかく音感が鈍い。部屋の中央で立ち止まった――彫像の耳から出てきた虫は何かの兆しではなかったか？ 停止した庭で虫だけが動いていた。虫と死。煙草の箱を手にしたが元に戻した。今日は煙草を控えよう。両手を広げた。胸が痛いのは現実のものか、それとも夢の名残なのか？

「私は夢を見たんだ」彼は妻の後ろを通りながら言い、彼女の肩に触れた。彼女は軽く眉を持ち上げて興味を装って返答した。「夢ですって？」そして再び目の周りにクリームを塗り始めた。自分の美を構うあまりに美容と関係のないことを考える余地がなかった。「もう若くもない癖に」、彼はバスルームに入る時に不機嫌に呟いた。鏡で自分を調べた――げっそりしていたのか、それとも映っているその姿はただ庭の残響が幾重にもなっただけなのか？

　不思議なくらいの感動をもって朝のルーティンを取り運んだ。あらゆる動きの細部にも注意を払いながら。いつもは何も考えずに繰り返す動作を、今日は分析し、スローモーションのカメラで細分化した。あたかも初めて蛇口を閉めるかのようだった。最後になる可能性もあった。閉めた。これはどんな感覚なのか？　別れを告げていた。迫って来ていた。シェーバーのスイッチを入れて鏡越しに眺めた。愛おし気に顔に近付けた――こんなにも人生を愛していたとは知らなかった。大いなる皮肉と大いなる軽視をもって語っていたこの人生を。でもまだその時ではないと思う。言おうとしたのは準備が出来ていないということだ。準備が整っていない、と。突然死になるだろう。心臓か何かで――それは私が最も嫌がっていることだ。不測の事態、計画の変更。贖罪の皮肉で顔を拭った――正にそれは皆が言うことではないか？　死を迎える人びとが。準備を整えることなんて考えたことがないのに。百歳になろうとする頗る高齢の祖父でさえ、神父の到着に怯えていた。だが、もう時なのか？　もう？

　少しずつコーヒーを飲んだ。一杯目のコーヒーは何て旨いんだ。熱いパンの上に溶けるバター。林檎の良い匂いがどこからかやってくる芳香と混じり合う。ジャスミン。細やかな歓び。料理が置かれたテーブルに視線を下した。細やかな物たち。妻が彼に新聞を渡した際に、夜に約束があることを思い出させた。立食パーティーとディナー。いったん家に帰らず、直接行きませんか？　彼女は提案した。そう、直接行こうと彼は言った。しかし何年も間断なく続けてきたことではなかったか？　現世の輝かしき糸は永久に解かれてゆく。日々に。そう、直接行こうと繰り返した。そして新聞を遠ざけた――世界の全ての新聞よりも、今や窓から入り、皿の上の葡萄を通り抜ける陽の光が重要だった。蜂蜜色の粒を取り、考えた。もし夢の庭に蜂がいたなら（例え一匹でも）、希望があるのに。トーストにマーマレードを塗る妻を見た。黄金色の一滴が指に落ちた。彼女は笑って指を舐めた。愛が冷めてもうどれぐらい経ったのだろうか？　残ったものはこんな戯れ。このような退屈で気だるい惰性の芝居だ。頭を撫でるために手を伸ばして言った。「残念だね」彼女は顔を上げた。「残念？　どうして？」　彼は彫像のような彼女の巻き髪を暫く見つめた――「残念だ、あの虫が」と言った。「最後の変態で足が金属になるんだ。気にしなくていい、馬鹿げたことを言っているね」もう一杯コーヒーを注いだ。しかし、彼女に「もうそろそろでしょ？」と言われると慄いた。

「今日は遅く出ることにしよう。最後の煙草を吸いたいんだ」「最後」と言ったのだろうか？　青い制服を着て、学校の鞄の準備をする息子にキスをした。ちょうど昨夜したように。あたかもその朝（晩？）に、父親が自身の目で死を見たことを知らないかのように。「あともう少しで彼奴に出くわすよ」と息子に囁いたが、息子は気付かずに給仕係と話をしていた。「それ以前に目覚めていなければ」、声の調子を上げて言ったが、妻は窓から顔を出し、運転手に車を出すように命じた。背広を着た。何を言おうと誰も関心を持ちはしない。だが、ひょっとして私だって人の言うことやすることに関心を持つだろうか？　見送りにやってきた犬を愛撫した。胸が揺さぶられるほどに名残を惜しんでいる。素晴らしいのではないか？　妻や息子や使用人たちは気付かないままだが、犬だけがその見えない本能で危険を予感しているのだ。煙草に火を点けた。燐寸の軸を焼く炎を最後まで見つめた。ぼんやりと家のどこかの部屋から天気予報のラジオのアナウンサーの声が聞こえた。腰を上げた頃には妻も息子も既に出かけていた。カップの底のコーヒーが冷えていくのを見ていた。二人が彼にしたキスは機械的なあまり、キスをされたこともう忘れかけていた。

「ご主人様に電話です」じっと見つめた。給仕係だ。もうこの家で勤続三年になるが、彼のことはほとんど何も知らない。頭を下ろして、今はいいんだと言わんばかりの合図で断った。家の中での関係さえ息をつく暇もない。外では、お洒落な女性と結婚したやり手の企業家だった。前の妻は同じように野心家だったが、魅力がなかった。パーティーや服に投資するための魅力が。「容姿に投資するの。人は毎日デートがあるように準備しなければならない」とは今の妻の口癖だ。「見てよ。油断ないでしょ。全くお腹が出たりしない」他の所は油断しまくりなのに。前途洋々な人生が待つ人が出来る油断。私にはそれはないのか？　煙草はカップの中に落ちてしまった——今は、もうない。夢が庭を断ち切って彼の人生の流れを止めた。あの奇妙な夢は非常に自然に流れて行った。階段の一段一段はずいぶんすり減って穴が開いていたけれども。パズルにはめ込まれていたあの猟師がか細いオジギ草の砂地を踏んでやってくる跫がするけれども。そして肩に触れるのだ——さあ、行こうか？

車に乗り、エンジンを掛けた。左足が横に滑って、言うことを聞かない。力を入れてもう一度動かそうとするが足が拒否する。何度も試した。冷静さを失ってはいかん、狼狽してはいかんと言いながら繰り返したが、結局はエンジンを切った。ガラスも閉めた。無音。静寂。湿った草の匂いはどこからやって来ているのか？　行き場のない両手を席に置いた。景色は古い銅銭の雰囲気に包まれ近付いて来た。夜明けなのか、夕暮れなのか？　薄緑色の空に向かって頭を上げた。禿げ頭のような月は木葉の冠を戴いている。深い緑が囲む小径をよろよろ歩いた。だが、何だ、これは？　庭にいるのか？

またなのか？　今度は目を覚ましている。驚いた。妻が今日のために選んでくれたネクタイを確かめた。無花果の樹に触れた。そう、またあの無花果の樹だ。小径を進んでゆく――もう少しで枯れていた池に辿り着く。足が蝕まれた娘はまだ躊躇っていた。足を濡らすことが怖くて決心が付かない。まるで彼自身のようだった。責任を負うことを避け、決して深入りしないよう細心の注意を払って生きた。「神にも悪魔にも蠟燭を捧げる」、ずっと上辺だけの関係を貫いた。無気力に広げた自分の両手を見て微笑んだ。そんな人生を過ごして来たと考えた。深い絶望が迫って来て、思わず両手をポケットに入れた。もごもごした虫が小さな耳の中から出て来る前にこの場を去ろう。馬鹿馬鹿しくないか？記憶が計画に服従する、そしてその中で夢が現実を真似るという遊びのこと。誰の計画なのか？　口笛を吹いたら行進のキリストが深遠な棺の中からだんだんと姿を現した。あんなにも高く。母は急いで彼をショールで包んだ。キリスト受難の祭りの服は薄く、辺りは寒くなっていた。「息子よ、寒くないか？」全てが早く過ぎて行ったのか、それともただの気のせいだろうか？　葬列は煙と炎を吹き出す松明と鎖の中で早まった。「もう一度チャンスを下さらないのですか？」と叫んだ。遅かった。キリストはもう遥か彼方に行ってしまっていた。

庭の中央のベンチ。バラバラになった蜘蛛の巣を払い、ベンチと同じように苔むした指の間から網の糸に縺れたかつての曲芸師の身体が幽かに見えた。脚だけが生きていた。撫でてみたが脚は反応しなかった。腕が落ちるのを感じた。金属だ。錬金術とは何だったのか？　溶けた鉛が胸まで満たそうとしているのでなければ、小径をくるくる回って立ち去るだろう。「見つけたぞ！　見つけた！」と。歓びを抑えることはほぼ不可能だった――一度目は目を覚まして免れた。今度は眠って逃げるのだ。意外と簡単ではないのか？　背もたれに頭を乗せた、冴えているじゃないか？　こんな風に、眠りの扉から出ていって死を欺くなんて。「眠らなければ」、目を閉じながら呟いた。灰色掛かった緑色の微睡《まどろみ》の中で、中断された正にその時点から夢が再開したと分かった。階段。蹬。肩に軽く触れられるのを感じた。振り返った。

（フェリッペ・モッタ訳）

オリージェネス・レッサ

エスペランサ・フットボールクラブ

ブリチザルの誇りであり、日常と憧れの象徴だった。よちよち歩きの子どもからお年寄り、著名人までもがエスペランサ・フットボールクラブの存在に胸を躍らせていた。

五月のある午後、タルチッコ、シキーニョ・ダ・ナーナ、トゥジ、ダンチーニョら夢を持つひと握りの者たちから始まった。それ以前のブリチザルは生気も活気もない辺鄙なところで、トウモロコシ畑やコーヒーの木が広がり、やせ細った家畜がいるだけの知られざる町。日差しの強い夏も寒さの厳しい六月も、住民たちはぼんやり過ごすありさまで、町の名前すらうっかりすると忘れそうになるほどだった。

ところが、ブリチザルが生んだ最高のセンターフォワードであるタルチッコは、行動派で向上心のある青年だった。地元で一番強力なシュートを打ち、過去に類を見ないゲームメーカーであることを自負していた。午後、空き地で練習するときは、正確無比のパスとシュートが放たれる恐ろしいスパイクを履き、優しく見守るうっとりした若い女たちの視線を意識しながら堂々と歩いた。

日曜日にはたいてい試合があった。対戦相手は、同じブリチザルのネグロン率いるリーリオＦＣか近隣の農園チームである。無所属のタルチッコはサッカー仲間と集まっては試合をし、勝利を重ねていった。彼がシュートを放てばゴールに吸い込まれる。シキーニョやトゥジらメンバー全員の動きにも目を瞠るものがあった。

タルチッコがチームの結成を呼び掛けたとき、口論や拍手や対立があった。それでも、二週間後の日曜日、エスペランサはリーリオを六対一で圧倒する。その後も農園のサンタ・クルスやペレッカを破るなど、相手をまったく寄せ付けず、三つ四つ勝利を重ねた。エスペランサの名が知れ渡るようになった。フィールドの化け物となったタルチッコは仲間たちを鼓舞した。不屈の闘志と勝利への揺るぎない自信を持って、チームメイトを英雄へと押し上げた。

近隣の町は挑戦状を叩きつけられた。地方裁判所が置かれ、芝生のグラウンドと観客席を備える有力都市があっさり敗れ去った。話題はブリチザル一色になりつつあった。ライバルを蹴散らしながら、エスペランサは地区チャンピオンになる。

不平不満を募らせた対戦相手が、エスペランサの勝利はいんちきだ、ゴールはホイッスルのおかげだ、審判が買収されたと叫ぶのも無理はなかった。ブリチザルを訪れるチームは、住民を残虐だ、虐殺だ、迫害だと非難していたが、心の中では降参していた。実力は実力だと……。

タルチッコは行動派の男だった。町議会から補助を受け、農園主を唆し、観客席付きの立派なグラウンドを整えることができた。エスペランサ創設後には都会の新聞に劣らない新聞も創刊され、「エスペランサFCが再び圧勝」や「白黒軍団史にまた輝かしい記録」などと、紙面はほとんどサッカー記事で埋め尽くされていた。

町全体がエスペランサの話題で持ち切りだった。

「日曜日はどうなるか」

「相手はアンパレンセだっけ？　気の毒だけど、攻め込むなんて無理だよ」

「チャンピオンらしいけど」

「つまらんチャンピオンだって！　向こうで勝てても、こっちだとね。ブリチが隙を見せるはずもない」

「ああ、確かに。タルチッコがドリブルでやってくれるよな」

「ボールをゴールにぶち込むだろうね」

「余裕だな、それは。サンタ・クルス戦があっただろ？　シキーニョ一人で三点も取った」

「それだけじゃない。ダンチーニョの守りは鉄壁だから、六カ月で三失点しかしていない」

「オフサイドがひとつあった」

「ペナルティキックも」

「エスペランサに勝てるのはサンパウロFCしかないね！」

ブリチザルの夢は続いていた。地区チャンピオンの名声というよりも、無類の強さを誇った。輝かしい歴史も評判もない平凡なチームが現れたところで、勝負する気も湧かなかった。

「応援のしがいもないな。タルチッコ、ディフェンス一人、サイドハーフ二人で十分だ」

タルチッコは実に頼りになる男だった。子どもたちの憧れであり、年寄りを楽しませ、ブリチザルの女の子の心も掴んで離さない。グラウンドの彼を見た娘たちの心は、五号球に慣れたタルチッコが見向きもしない靴下を丸めたボールのようだった。

「よっしゃあ、タルチッコ！」

「そこだ、タルチッコ！」

「切り込め、タルチッコ！」

会場全体を包む大歓声すらどこ吹く風のタルチッコは、力を入れたり抜いたりしながら敵のゴールにボールを突き刺し、美しい娘たちのドキドキする心もすっかり射貫いていた。

ただ、町には不協和音を響かせるネグロンのチームがあった。タルチッコのライバルである。伝統あるリーリオFCの人気をさらったことが許せなかった。リーリオの試合があっても、観客はせいぜい女の子が一人か二人ほどしかいない。マネッコ市長は気にも留めず。子どもでさえ応援しなくなっていった。

ネグロンはひっそりと怒りを噛みしめていた。一心不乱に練習を重ね、チームメイトを叱咤し、ゴールキーパーを怒鳴りつけた。

「それでもキーパーか、このブタ野郎が！」

夜、粗末なマットレスの上で眠気を払いきれずに、プレーする姿を思い浮かべた。ボールが彼の頭から離れることはない。どこを向いてもボールがあった。掛け布団を整えて、目を閉じる。すると思いがけず、パスを受ける場面や、タルチッコがセンターバックをドリブルで交わしてゴールに迫るところが脳裏をよぎった。

ネグロンが復讐をするのはきまって静まり返った家の中である。試合をすれば勝つ。グラウンドでエスペランサに立ち向かうには目を閉じれば十分だった。審判がホイッスルを鳴らす。ネグロンはボールを運んでタルチッコを交わし、右サイドから前線へ走り込み、ボールを待って左サイドハーフにヘディングでパスを出す。またドリブルをしてボールをゴールへ叩き込む。一対〇だ！

余裕だった。四点や五点を取ったときには終盤で手加減すら必要なことも。

「これ以上やると、かわいそうだな」

ネグロンは夢の中で、タルチッコを贔屓するブリチザルの全女性ファンを苛々させ、侮辱することで悦に入った。エスペランサを打ち負かして彼女たちの怒りと反感を買い、悔しがらせるのが気持ち良かった。

「思い知ったか」

とはいえ、夢見てばかりいても埒が明かない。試合はいつも散々な結果に終わったのに、エスペランサは本気を出していなかった。ふざけていただけ。とうとう相手ファンもいなくなる始末。

ある日、タルチッコはサンパウロのビッグクラブに試合を申し込んだと明かし、ブリチザルは熱狂の渦に包まれた。

「えらいことになったぞ」

不安で鳥肌が立ったのも一瞬のこと。しばらくすると、ブリチザルは勝利を信じて対戦の日を待ちわびた。勝利はたやすく手に入れられると、タルチッコは選手全員に発破をかけた。エスペランサを打ち負かすような「まさか」などない。あるわけがない！　軽い練習で十分だ。その時点では、ただの引き分けすら誰にも考えられなかった。

「圧勝とまではいかないかもしれん。だが、二対一くらいなら我々が……」市長は言う。

「気を抜けないのは向こうだろう」

その日がやって来ると、ブリチザルは熱狂に包まれていた。周辺から千人を超える人々が町を埋め尽くし、教会の祝祭のような雰囲気だった。どこの居酒屋も町の人たちでごった返していた。盛り皿の菓子やごちそうが飛ぶように売れた。色鮮やかなスカーフを巻き、薄い布地のワンピースを着たシッカやトゥジーニャら胸の大きな娘たちは、目を輝かせながらおしゃべりをするが、緊張して落ち着かない。自分たちの町が勝つかどうか、神様やマリア様に問いかける。

「神様、どうなるのでしょう？」

娘たちの褐色の肌の毛が緊張で立っていた。

神父は勝利のためにひたすら祈りを捧げた。市長はビールの飲み放題を約束し、倒れても構わないとした。ある小学校教員は、試合後に一番優秀な女子児童がスピーチできるよう準備に取り掛かった。よそ者と対戦するエスペランサが勝つことに、若者たちは自信満々に賭けていた。ブリチザルの子どもたちも若い娘たちも、三日三晩まともに寝付けなかった。

「ムンジーニョ、もう寝たのか？」

「まだだけど、どうして？」

「なんでもない。おれらは圧勝できると思う？」

「さあな」

「五対〇とか？」

「わからんって。パウリスタは半端なく上手い。三対一くらいで勝てれば上等だ」

「ほんとか？　でも、タルチッコが。あいつがもしかしたら……」

試合の三時間前にはもう空いた場所がなかった。おしゃべりしたり、賭けをしたり、大声を出したりしながら会場で朝を迎えた者までいた。

隅の方でじっと黙っている集団がいた。リーリオの選手たちだ。ネグロンは幻想を抱かず、周囲の熱狂に感染することもなく、ほくそ笑んでいた。パウリスタの試合を見たことがあり、その勝利を確信していたのである。復讐のときを迎えて笑みを堪えきれない。タルチッコの敗北、失墜、挫折。ほら見たことか。世界の強豪と戦ってみやがれ！

ネグロンは、ブリチザルの娘や子どもたちと同じように、ここ数日は眠れずにいた。パウリスタがタルチッコの鼻をへし折るときの、トゥジーニャやシッカからの顔を思い浮かべて悦に入った。

「切り込め！」

「シュートを打て！」

「サイドに流せ！」

前半はなかなか終わらなかった。町の期待とは裏腹に、エスペランサは初めてリードを許していた。開始早々からサイドをかき回され、ディフェンスは抑え込まれ、ダンチーニョのゴールが見事にこじ開けられた。一年半にわたって試合を重ねてきたが、こんな敵は見たことがなかった。

観衆は凍り付いた。

「ああ、これはまずい！」

屈辱のゴールを決められたとき、ブリチザルの娘たちは今にも泣きそうになってスカーフを噛みしめたが、よそ者のファンは帽子を空高く投げて喜んだ。

タルチッコは動じない。中央からボールをさばき、凄まじいスピードで華麗に逆サイドへと走り込み、同点ゴールを狙いに行った。

ネグロンにとって、この結果は予想どおりだったが、期待していたほど面白くはなかった。ブリチザルの娘たちが目の当たりにしていたのは、想像していたようなスターでも、無敵のヒーローでもないタルチッコの姿だった。それにもかかわらず、勝利が揺るぎないものになると、徹底的に打ちのめされたライバル、憎んでいた娘たちの腫れ上がった目と踏みにじられた心、よそ者ファンの歓喜の姿を見たとき、急に気分が悪くなった。

ハーフタイムになると、状況はますます酷くなった。エスペランサの選手が疲れて地面に座り込む一方、相手は楽しく飄々としてフィールドでボールを蹴っていたのである。ブリチザルは相手にならないと言うかのように笑みを浮かべ、皮肉たっぷりに冗談を口にし、娘たちに嫌らしい視線を向けていた。

隣の地区の人たちは大胆に笑い、賭けをしながら飲んでいた。下品な冷やかしもあった。そのうちの一人がシッカとトゥジーニャに涙を拭くようハンカチを手渡したとき、ネグロンは苛立って歯を食いしばった。彼女たちブリチザルの美人の間では、永遠のライバルである自分とタルチッコこそ、憧れの的だったのに。

後半が始まろうとしていた。

よそ者のファンは歌で挑発を繰り返し、ブリチザルは屈辱を感じながらそれを聞いていた。


楽勝！

楽勝！

楽勝！　楽勝！　楽勝！

パウリスタ！


勝敗は決していた。エスペランサは敗れるのだ。タルチッコがなんだ！　ダンチーニョがなんだ！　息絶え絶えのライオンだった。英雄、勇敢な人間、不屈の者たちでも敵わなかった。ブリチザルの町全体が意気消沈し、エスペランサを見つめていた。娘たちの黄色い声援は消え失せた。若い男たちのファンは帽子を破き、自暴自棄になった。

その静けさの中、意外にも、ネグロンを筆頭にリーリオFCのメンバーだけが肩を落とさず、声を枯らして必死に声援を送り続けていた。

「そうだ！　ダンチーニョ！」

「サイドだ、シキーニョ！」

「切り込め、タルチッコ！」


（岐部雅之訳）

慰問

——エンリケッタ・レッサを偲んで

生まれながらの聖職者、魂の先導者、冷静沈着、振舞いは篤実で慎ましやか。そんな父が何より優先していたのは慰問の仕事だった。関わりあるありとあらゆる病人の枕元に赴き、心のこもった慰めの言葉をかけ、心の底から快癒を祈る。神の神秘を前に偉ぶることもなく。父が苦悩に寄り添うことは、老人や未亡人たちにとってあまりに当たり前で、父のほうもそう思っている節があった。すでに老い、体が言うことを聞かなくなっても、霊感を与えられるという確信に突き動かされていた。父自身も、自分が赴く際の相手の目に宿る喜びを目にすることで、自分の気力を新たにした。

貧しい弱者に与えられるものは、心の温かさ以外はほとんど何もなかった。それでも困窮極まる相手には、息子たちのテーブルにはおかれたことがないような真っ赤な林檎や、自身の家計には不釣り合いな葡萄を病人や未亡人の枕元の小さなテーブルに置かないではいられなかった。

「牧師様。そんなことをなさってはいけません。あなた様が唱えてくださるお祈りだけで十分なのですから」

祈り以外の物が必要な時があることが彼にはわかっていたのだ。市電に乗る時間を無駄にしないための本が入った鞄を持ち上げると、別の病院かどこかの粗末な家にいる体や心を痛めている次の人の元へと向かった。

彼自身が病に倒れ、起き上がれなくなり、一週間、昏睡状態に陥った。家族は仕事をしている時の静謐な父の顔に思いを馳せることになった。父が慰問していた人たちが、父を慰問にやってきたからだ。何十人もの人たち。金持ちも貧乏人も、学識のある人もない人も。あたかも巡礼をしているかのように。真っ黒な口髭を垂らし、目を赤くした男は午前も午後も現れて、容体を尋ね、面会を望んだ。

「もう意識もないようです」

「何てことだ。百五十日間入院していた私を牧師様は決してお見捨てにならなかった。三日に置かず訪ねてくださった。その時の私の喜びのほんの少しでも感じてくだされればと思うのだが」

父が慰問を続けたのは、神の教えに従ったという面はあったにせよ、慰問することが病人にもたらす「善きこと」を知っていたからであった。神学校の弟子たちにも、痛みの床の傍らで、誰が立ち会うともなくささやかれる言葉のほうが、崇高な思弁の説教や練り上げられた文章や聖書の引用以上に大切なものに感じられるよう願っていた。福音に従ったお勤め以上に人に寄り添う人になれるよう、家から家への巡礼に可能な限り息子のどちらかを同道させた。

幼かった頃は、引きずられて行っても、たいていは我慢ができなかった。うめき声や訴えの声にもまったく関心を抱くことはなかった。父を受け入れる人々の目の美しさがまだ理解できなかったのだ。

休暇になると、父の遠出に何度も付き添わなければならなかった。息子たちに人間愛について考えたり体験させたりする父なりの方法だった。サンパウロの奥地のどこかの小村あたりで丸一日費やしたことを覚えている。中小の農園に散らばっていた信徒の集まりがあり、温めなおされた「苦み」を飲み込んでいたのだ。名もなき者たちの尽きることのない苦しみに関わる父が理解できなかった。

さらに今でも変わらず身の毛がよだつ記憶もある。六十年かそれ以上前にイタチーバ近くに住む癩《らい》病を患った家族への慰問だ。

「息子よ、驚いて見せてはいけないよ。何も変わったことがないように若者たちを見るんだ。それが善きことなのだから」

若者は五人いた。私の年齢からみれば大人だったが、おそらく全員十八歳にもなっていなかっただろう。年老いた母親は木製のベッドから起き上がることもなかった。紫がかったゆがんだ顔、しゃがれ声、おぞましい手。五体、六体の幽霊だった。父の視線が私の恐怖を制した（後で知ったことだが、父もそこまで彼らの病気が進行しているとは思っていなかったらしい）。しかし父にとっては信徒会の六人の信徒であることに変わりなかった。六人は奈落の底から慰めを求めていた。露ほどの心の乱れも見せずに、父は陽気な声で私を紹介した。

「これが私の長男です。もう中学生です（私がクラスでもっとも怠け者であることは話さなかった）」

六体の幽霊が私を見た。驚きと感謝が入り混じっていた。その時はよくなると考えたにちがいない。牧師様が健康な息子を自分たちの田舎家《いなかや》まで連れてきてくださったのだから。父が私を連れて行ったのは必ずやその意図からであった（彼はいつの日か私が牧師になることを期待していた）。重く醜い手（そのいくつかには指がなかった）が私に伸びることはなかった。代わりに年の割に大きい、勉強が良くできるだの言葉をかけてくれた。心の中で幸せな蠢きを感じた。彼らは父にも手を伸ばすことはなかったが、父の方が彼らの肩を撫でた。まるで知り合いの普通の若者に対するのと同じように。天気や、近隣の農園の収穫、町の建設中の教会の話をした。ダビデの詩篇を読み、心動かす説教をした。私のほうは青ざめていたに違いなかった。腰掛けを出してくれたが、私はその中で震えていた。座っているふりをするという難しい努力をしていたからである。冷汗が流れる中、病気以外の何物でもない娘が小屋の奥からコーヒーの入った二つの器を持って現れた。私は恐怖のあまり死にそうになった。私の目が必死に訴えたのであろう。父が救いの手を差し伸べてくれた。

「この子の分は結構です。子どもにはコーヒーを飲ませないほうがいいのです」

そう言って自分は縁の欠けた器を唇まで持ち上げた。息子のコーヒーを断ったのは、彼らの出してくれたコーヒーへの嫌悪ではないことを表すために。

帰る間際に再び聖書を開けた。

「私の父の家には、住まいがたくさんあります。もしなかったら、あなたがたに言っておいたでしょう。あなたがたのために私は場所を備えに行くのですから」

それから外へ出た。穴だらけの小道は、前に進むのも一苦労だった。丘の頂に太陽が光り、五人のきょうだいが戸口にいた。瞳は濡れ、指のない手がさよならしき合図をしていた。半キロは進んだろうか。わからない。私たちは無言で足を進めていた。父は口ひげを噛みしめていた。感極まった時の癖だった。丸太の橋がかかる小川に出た。父はしゃがみこむと清流で手を洗った。私がまねをすると、父は微笑んだ。

「お前が洗うことはないよ」

そこで私の恐怖が爆発した。

「父さん、僕、罹ったりしてないかな？」

彼は再びほほ笑んだ。

「お前は一人前の男のようだったよ」

父が望む男。一人前の男。務め、なぐさめ、与《あずか》る。人の苦しみを自分の苦しみのように感じる。万物の理《ことわり》を解そうとする。神の意志を深く学び、謙虚に受け入れる。そして何よりあの「容認の心」を伝え、職務上の秘跡を行う。地に抑圧された者たち、未亡人たち、病気に苦しむ人たち、心の痛みに悩む人たち、そして囚人たちに対して。

未亡人、病人、道を外れた者たち、父の人生にはそのような人たちが多数おり、隊を成した。囚人に関して言えば、実際のところ、私が知っているのはほぼゼロに近い。父の周りにも牢獄で人生を終えるような人はいなかった。父が職務上関わることとなった主たる囚人は、皮肉な運命の気まぐれのせいか、父のどこかの親戚であった。牧師としてでなく、親戚として父はある郊外の刑務所にいる彼を訪ねることとなった。

その事件の知らせは家族に騒動を引き起こした。父は北部からの手紙を受け取ると、とある警察署はどこにあるかを尋ねた。誰も彼の質問の意味を理解していなかった。

「どうして？」

「ある人を訪問しなければならないんだ」

「警官、それとも囚人？」

「囚人のほうだ」

その牧師の肉の棘である、罰当たりな息子の一人がさらに尋ねた。

「どこかの信者さん？」

「私の親戚だよ」

「信仰上の抑圧で？」

「盗みだよ」口ひげを噛みしめて言った。

なおも質問を重ねた。その場合は適切だった。誰？　会ったことはなかったが、父はその名前を知っていた。というのも父ほど一族を愛している者はおらず、一族の絆を深めることに労を惜しまなかったからだ。一族のすべての分家の最新情報を知ることに喜びを覚えており、その枝葉について誰が誰で、誰と誰がどうしたかを知っていた。高祖父の父親の一番下の弟の子孫についての情報は、彼のアーカイブを調べればすぐに分かった。親戚こそが聖なるすべてであった。はるか昔の一八五〇年ごろ、そのような枝の中の一本のある嫁き遅れの女性が死んだ。名をアナスタシア・ボルグンドフォラ・レスティトゥタ・フェレイラと言った。第五親等の高祖父母の姉妹に当たる。どれほど離れていようがどんな名前であろうが父にとって一族の一人であることに変わりはなかった。泥棒だからと言って、そのペテン師の馬の骨を放っておくことなどなかった。どこかの刑務所で苦しんでいるなら、親戚であろうとなかろうと訪ねていっただろう、要請の手紙が一本あれば。六十三歳にもなって警察の網にかかった哀れなセリドニオを訪ねてほしいと。

早速、父は警察署に電話を掛け、面会時間を尋ね（……「こちらは～の親戚なのですが……」）、市電の中で時間をつぶすための本の入った鞄を手に取ると、目に尋常でない光を湛えて出て行った。そこから先、セリドニオの拘留が続く間、囚人の面会日には必ず面会室に林檎やお菓子やクッキーを携えた父の姿があった（ある時など悪党やはみ出し者、はぐれ者、暴力沙汰を起こした者たちを喜ばせるために、継母にとうもろこし粉のケーキまで作らせた）。

本当のところ、父は、牧師の日常とは異なるちょっとした冒険に夢中になっていた。刑務所に行く日が待ちきれない様子だった。興奮冷めやらないまま家に戻ると、神の創造物の堕落の中で垣間見た悲惨さについて語った。ある時など、出がけに踵を返すと、

「『マタイによる福音書』を忘れるところだった。約束していたんだ」

「セリドニオと？」

「『豚の鼻』だよ」

酷すぎる仇名と思ったのか、

「本当の名前はまだ知らないんだ。でも心優しい人でね。ひどく後悔しているんだ。気の毒な人だよ」

何週間とは続かなかった。リオの誰かがセリドニオを気に掛けたのだった。弁護士が法の抜け穴を突き、彼を釈放させた。セリドニオは、無事、北部に帰ることになった。帰宅した父は、その知らせに喜んではいたけれども、同時に悲しんでもいた。「豚の鼻」ともう会えないからだった。ゴイアス

に移送されて、そこで裁判を受けるという話だった（家で行う祈りの中で、父が、長い間、昼も夜も祈っていた「苦境にあるあなたの僕《しもべ》」とは「豚の鼻」ではなかったかと思われてならない）。

その午後、夕食の席でもう一つの知らせがあった。

「日曜に彼が我が家に昼食を食べにやってくることになった」

皆の視線が集まった。

「セリドニオだよ」

誰も口を開かなかった。彼は何事もないかのように言葉を続けた。

「セリドニオをきちんともてなしてほしい。私たちの親戚なのだから」

そして約束の日（日曜の昼食でいつも供されていたローストビーフがセリドニオの好物であることは嬉しい偶然だった）、彼が現れる少し前、最終の忠告の席で、父は最近の彼の事件のことには決して触れてはいけないと念押しをした。刑務所のことも警察のことも裁判のことも話してはいけない。彼の傷に思い至るような連想も避けるように。「今初めて知り合った親戚のように扱うように」

言葉を選びながら、彼を迎え入れた。セリドニオは悪党らしい魅力を感じさせる人物だった。臆するところのない人好きのする紳士だった。振る舞いも言葉も、後戻りできないような人生の終わりを迎える日陰者などと思わせるところは何一つなかった。馴染みの落ち着いたおじいさんの一人の趣だった。その洗練された動作は、地区の教会のある聖職者を思い出させた。「詩篇」二十三篇、四十六篇、九十篇、「ヨハネによる福音書」の十四章、「コリント人への第一の手紙」の十三章を暗記しているにちがいないと思わせる人だった。打ち解けるのに時間がかからなかった。当たり障りのない話題について語り合った。最近の雨のこと、セリドニオが寒い時期にサンパウロに来なくてよかったこと。すべてが順調だった。

セリドニオがセンターテーブルの上にあった新聞に目を遣ると、継母がそそくさとそれを折り畳んだ。見出しには「トゥクルヴィで窃盗団捕まる」と書かれていた。「触れてはいけない」という心配に多少ぎこちなくはあったが、料理が出される時までは会話は普通に進んだ。訪問客がいたため、その日のテーブルは豪華だった。

彼に気まずい思いをさせないための懸命の努力のせいで会話が少し不自然になっていたが、突然、私たちはまったく不必要な努力をしていたと悟った。セリドニオほど率直な人はいなかったからだった。味覚の喜びに思いを馳せてテーブルにあふれる料理を矯めつ眇めつ眺めた。彼は、継母の自慢料理で彼の好物でもあるローストビーフに熱い視線を送った。自分の分を取り分けた後、一口ほおばると、ゆっくりと味わった。その目からは幸せが溢れた。

「カルセレ（監獄）の食べ物とは別物だ！　ヴィセンテ、全く違うぞ！」

それまでの会話から彼は後ろから三番目にアクセントのある言葉を好むことが分かっていた。セドゥラ（文書）、セルラ（細胞）、セパラ（萼片）のように。彼はカデイア（牢屋）から出たとも、プリザォン（刑務所）から出たとも決して言わないだろう。「カルセレ」と言ったし、その後もそう言っただろう。そして彼は父をヴィセンテと呼んだ。親密なのは当たり前だった。どこかの親類縁者のそのまた親戚同士なのだから。

（伊藤秋仁訳）

ハケウ・ジ・ケイロス

白い丘《モーホ・ブランコ》の家

1　祖父

その白い家は丘《モーホ》のてっぺんにある。広漠としたセルタン〔半乾燥地帯〕、ブラジルの内陸でも豊かな州で、このような僻地で病気に悩まされなければ生活は夢のようなものだったかもしれない。しかし人々はこれらの悪条件を乗り越えてきた。そこから出るつもりのない人にとってはどんなに遠かろうと構わないし、病気とは体が馴染んでしまう。今風に言えば免疫がつくというわけだ。

私は深くは知らない。先ほどお話ししたように丘《モーホ》がある。と言っても、ここリオの、それこそ山と呼ぶに相応しいような大きなものではない。そう、リオのそれはまさに山だ。そこの丘はむしろ傾斜地《コリーナ》、北東部の私たちの言葉で言えば高台《アウト》、円丘《カベツソ》といったところか。しかしそれは丘と呼ばれ、その農場は「白い丘《モーホ・ブランコ》」として知られていた。道に広がる石灰岩が遠くからは雪のように見えるからだ。白く塗られたその家は屋根のついたテラスで囲われ、あまりにも古いのでアニャングェラ〔十七世紀ごろブラジルの内陸部を探索した山師〕の時代のものだと言い張る人もいた。その土地では古いものは何かとアニャングェラに結び付けられた。そしてこの「白い丘」については、アニャングェラという呼び名が悪魔に由来することと、あれは幽霊屋敷だという評判もあって、あることないことがささやかれていた。

しかしながら、よく知る人たちが本当のいきさつを語ってくれた。あの家を建てた人はペルナンブコ出身で赤道連盟〔一八二四年ブラジル北東部の州が参加し、王政に反対してブラジルからの独立と連邦国家の樹立を目指した反乱〕への弾圧から逃れてきたのだそうな。本名は誰も知らない。フリーメイソン、その頃で言う「マソン」だった。投獄と殺戮が始まる前に友人たちから情報を得て逃亡に成功した。生き地獄を見た者や命すらも助からなかった者もいる中、幸運にも私たちの友は逃げ果せたのだ。上等の馬に乗り、黒人の少年と一頭の荷馬、ラッパ銃に金貨銀貨でいっぱいの小さな革袋を携えて。

彼がその新しい場所にやってきたのは一八二五年頃のことだ。あのような果てしないセルタンの奥地では不運な連盟のことはほとんど知られてはいなかった。男にとっては思案のしどころだった。何か別の罪を犯したことにすれば誰も逃亡の本当の理由に気づくまい。村に落ち着くと知りたがりの人々にこう話すように奴隷に命じた。「ここだけの話、旦那様はほんとは逃げてきたんですよ、殺したんです」「姪を辱めた卑劣な奴をね」「そいつは町の有力な家の出だったんで、裁判所の判決については心配無用だったんです、訴訟になどなるもんかってね。でも死の復讐となれば話は別でしょう」その話はよくできていて、ペルナンブコから来たその男が読んだとおり、政治的なことを疑う者は一人もいなかった。

身を寄せた村は落人にとってまさに安らぎの地だった。人々は温かく、その地を二つに分ける川によって潤され、村を守る教会の礼拝堂には今までに訪れたどの教会とも違う聖人が祭られていた。濃い髭をたくわえたいかめしい顔立ちの老人。頭の上には三角形の後光。「永遠の父なる神」だ。

私たちの友は、とりあえず町中の貸家に住んだ。その後、田舎の人だったのと無駄金は使いたくなかったのとで、川の上流に広大な土地を買って下働きの少年と移り住んだ。そこに根を下ろすには自身の名を考えなければと気がついた。たいそうな読書家（もちろんのことだ）だったので、だからこそあの連盟に関わったのだが、教会に祭られた「永遠の父なる神」を見て同じ聖人を信奉するヴォルテールの一派を思い出した。そしてペルナンブコ人としての昔の呼び名を永遠に捨て、フランシスコ・マリア・アロウエ〔ヴォルテールの本名François-Marie Arouetから取られたものと思われる〕と名乗った。人々はほどなくシッコ・アルエッチさんと呼び変えてしまった。

農場の主となったばかりの主人のために、小僧が当座の住まいとして藁ぶきの小屋を建てた。しかし一年もしないうちに新しい家が建てられた。彼の故郷ペルナンブコの大きな田舎家に倣って造らせた、今ではすっかり古ぼけてしまったあの「白い丘」の家だ。

いつごろからその噂が流れ始めたかははっきりしない。「シッコ・アルエッチは悪魔と契約を交わしているんだ」ある人は彼が帽子を取らずに教会の前を素通りするのを見たと言う。またある人たちは、彼の家には聖人の肖像画も、聖人像も、ロザリオもないのだと断言する。「あそこの旦那は村の白人の乙女に求婚して神様の御前で式を挙げるんじゃなく、田舎娘を連れこんで一緒に住まわせているんだよ」（彼が妻をペルナンブコに置いてきたことは誰も知らなかった）、「その女は見るからに森のインディオで、斜視で髪はごわごわ、小さな声でぼそぼそしゃべるのさ」

さらに男がすることはすべて風変わりだった。農場を作るにあたりミナスだろうかサンパウロだろうか、小僧を使いに出した。持ち帰ったものは、トゥリノ種の子牛、これも純血種のつがいの子羊(子羊は一頭ずつ籠に入れられ荷馬に背負われてやってきた)、別の荷馬の背には本の梱と、もう一つ細長い黒い箱。さてそれに何が入っていたか。笛だ。

夜更けになるとシッコ・アルエッチさんは笛を吹き始める。「白い丘」のふもとを行く人は、その魔物の口笛のような高い音が闇を突き抜けるのを耳にすると十字を切った。音色はいつも物悲しく、不安げで、心を切りつけた。また彼には支持する政党がなかった。ひとかどの金持ちの男にそのようなことがあるだろうか。ただ、皇帝、彼流の呼び方では「王」、は嫌いだ、とだけ言っていた。あるとき、支持政党を尋ねられ薄笑いを浮かべつつ無いと答えたのだが、「山羊《ボーチ》」だと言い添えた。それはレシーフェではフリーメイソンを指す言葉だった。お客はこれを聞くや、暇乞いをし、十字を切り、ふたたびその家に足を踏み入れることはなかった。山羊、とりわけ黒山羊がサタンの化身であることを知らない者などいるだろうか。

さらにはシッコ・アルエッチさんの女が金曜日にニワトリを絞めるのを見たという人がいて、そこから噂が広まった。「聖金曜日には羊を殺させるのさ」これもまた誰もが知っているとおり、この世の罪の贖いのために来られた私たちの主の象徴だ。「ジョッキに受けとめてそのまま飲むんだ、生々しいのを。固まってしまう前にね」

女性の名誉を汚した男を殺めたために故郷から逃れてきたという、当初は受け入れられていた説明もまた別の話にすり変わっていた。村中に広がった噂は、彼は殺した、が、それは神父だった、というものだった。聖なる血にその手を染めた者が何をしようというのだろうか。悪魔と契約するほかに。

2 息子

シッコ・アルエッチさんと女との子どもは、みな幼くして亡くなってしまい成人を迎えることはなかった。五人のうち一人だけが成長した。なにかと常識外れの父親は、子に聖人の名ではなくスパルタクスという名を望んだ。洗礼で神父と口論になったがこのペルナンブコ人は譲らなかった。神父がラテン語の詩の一節を唱えると、シッコさんは同じようにラテン語で言い返した。ついには、男の子にジョゼ・スパルタクスと名づけることで折り合った。ところがジョゼの名の後ろ盾にも人々は納得しなかった。「無垢な子にあんな名をつけるなんて」「日めくりにスパルタクスの日など、どこにあるっていうんだい？」

まもなくパターコと呼ばれるようになった。はじめにそう呼んだのは男の子の母親だった。rやsがいくつも付いた名を発音できなかったのだ。興味深いことに、この息子は成長して、父親の悪魔崇拝を皆に先駆けて信じ込んだ一人となったようだ。父を恐れ、夜に笛の物悲しい音色を聞くと寝床で十字を切った。まさに亡霊の叫びではないかと。それゆえ、父の知識の半分すら学ぶことはなかったというのも驚くに当たらない。フランス語の本も読めず、まして笛になど目もくれなかった。それでも笛はあの誰もが知るレシーフェからの荷の中の銅の細工があしらわれた革のトランクに、その生涯の間、そしてその後も大切に保管された。

パターコが一人前になりかけ、髭を剃り始めたばかりのころのことだ。ある朝、熱いコーヒーの碗とパイプの火を手に老父の部屋に入ろうとした母親は（女はシッコさんと寝室を共にしておらず、裏手の小部屋で使用人の二人の子どもたちと一緒に寝ていた）、おそらく生まれてこのかた出したことのないような大きな叫び声を上げた。パターコが駆け付けると父親がベッドの上で息絶えていた。いつもの昼間と同じ、シャツにズボン下、足にはサンダルという姿で。寝ようとして横になったのではなく、布団の上に倒れこんで死んだようだった。人の好奇心をそそるこの状況は、またもや話の種となった。「例のあの笛だ、シッコ・アルエッチさんはあれを握って死んだんだ」「手から床に転がってベッドの裾に落ちていたよ」「真っ黒で銀がちりばめられて、まるで蛇さ」

シッコ・アルエッチさんの人生は謎に包まれていたが、そこで生まれ育ったとはいえパターコの人生はさらに暗鬱としたものだった。父親は血の気の多い男でよく大笑いもしたが、短気でもあった。烈火のごとく怒り狂い、悪魔に取りつかれたかのように憎々しげに怒鳴り散らすのだった。一方、パターコは母親である女の血を引いて、言葉少なで視線が定まらず、計算高かった。彼の手に委ねられた農場は日照りにしおれた草木のようだった。家畜もだんだんいなくなった。羊たちが死んだ。住込み農たちも先を案じてよそへと移っていった。ちなみに「白い丘」で働く者は皆、自由身分だった。それはシッコ・アルエッチさんのもう一つのこだわりだった。曰く、奴隷制度は認めない、二本足の家畜は持たないのだと。自身の奴隷は持たず、そこにやってきたときに従えていた少年すら奴隷ではなかった。早々に奴隷解放証明書を与え、少年が旦那様と呼んだり保護を願い手にキスなどすれば、それはこの子の悪習だと言った。保護を乞うキスが「悪習」だとは！　だがシッコ・アルエッチさんはそのように表現したのだ。

しばらくの後、パターコはふと思いついて、農場を流れる川の下手の谷に彼自ら水車小屋を建てた。周辺にはそのような設備を持つ人はおらず、間もなくパターコはこの水車小屋にこもり、自分のため、そして近所の人々のために粉を挽いて支払いに充てた。

ジョゼ・スパルタクスは三度の結婚をした。最初の妻は村の娘だった。野菜の露店をして暮らしを立てていた貧しい未亡人の娘だ。娘自身はすでにお針子として働いていた。しかし人々はパターコがその身分にそぐわない結婚をしたとは思わなかった。彼は結局のところ正式な夫婦の子ではなく、父親はあのような評判の変わり者だったからだ。結婚すると、パターコは娘を「白い丘」に連れていき、義母とけんかになった。老女は、娘は死んだも同然だ、異端者の名をもつ腹黒に渡してしまったと行く先々で語るしかなかった。かわいそうに、妻は結婚の後ほんのわずかしか生きられなかった。初めての出産で命を落としたのだ。母親と仲直りする時間さえもなかった。そして不運な夫は、教会でその遺体を埋葬するのではなく、丘の斜面に穴を掘らせて葬った。哀れな女は生まれてくることのできなかった異教徒の小さな息子をその腕に抱いていた。人々があまりにも好き勝手に噂をするので、警官が馬に乗って「白い丘」まで事情を調べに行った。パターコと部屋にこもり、お産に立ち会った産婆が呼ばれた。警官は状況を理解し、事の顛末が明らかにされた。おそらく妻は流行り病で死んだようだ。そしてその亡骸は村までの長旅には耐えられそうになかった。いずれにせよ、死者を動物のように森の中に埋めるわけにもいかず、夫は、石の上に十字架を掲げた墓のようなものを造らせることになったのだ。その場所にはこれから亡霊が出るだろうと言われ、実際そうなったというのも驚くに当たらない。

パターコの二番目の妻は北部の農場主の娘だった。夫との間に三人の子を設けた。二人は女の子で、上の娘は嫁に行かぬまま死ぬまで「白い丘」の家で過ごした。次女は近所の小作農と結婚した。教育がなく財産もわずかで、白人の娘、まっとうな家庭の娘と付き合えるような男ではなかった。だがパターコはこの結婚に反対しなかった。曰く、泣くことがあるなら、それは娘の方で自分ではないだろう、家の食い扶持が一人分減るだけのことだ、と。三番目の子どもは男の子で、祖父と同じく名をフランシスコ・マリアといった。

前触れもなく襲ってきた苦しみがジョゼ・スパルタクスの二番目の妻を死に追いやった。人々は、その苦痛は夫が仕掛けた毒か魔術のせいに違いない、三番目の女と結婚したいがために、と決めつけた。そして現に結婚した。しかしパターコは彼女を攫ってこなければならなかった。交際が始まっても、娘の父親が結婚の申し込みにまったく取り合わなかったのだ。村にある彼の店のカウンターで話し相手を捕まえては、娘はあんな青ひげと結婚するために生まれたのではないとこぼした。それなら独身のまま死んだ方がよかろうと。かたくなな娘は家を出た。実のところ、結婚した後で実家を訪れ涙ながらに跪いて父の祝福を乞うた。哀れに思った父は願い通り祝福はしたが、それだけだった。決してパターコを婿と認めることはなかった。

パターコの死は父と同じように突然だった。ベッドの上ではなかったものの。突然、と言ったのは、一発の銃弾に命を落としたからだ。これ以上の突然はなかろう。誰がその殺人を実行したのかはわからないままだ。その夜遅く、「白い丘」の主人は家路を辿っていたという。たいそう上品なラバに乗って。上等の動物に乗るのがその家の伝統だった。丘のふもとまでたどり着き、亡き妻たちの墓のすぐ近くを通りかかった。二人目の妻は一人目の妻とともに道の脇に埋葬されていた。その十字架の陰に身を潜め待ち伏せていた者が狙いを定めて引き金を引いたのだ。硬い鉛の弾丸は騎手の頭に命中し左目を貫いた。悲運の男が地面に落ちたときにはすでに絶命していた。驚いたラバは丘の道を一目散に駆け上った。鐙に足が引っ掛かったままの主人の体を引きずって。

3 孫

ジョゼ・スパルタクスの命を奪った銃声が「白い丘」の山腹にまだこだましていた。それを断ち切ったのは未亡人の金切り声だった。鞍をつけたラバは古い家の中庭の前でようやく止まった。まだ不幸な乗り手を鐙革に引きずっていた。悲鳴に台所にいた者たちが駆け付けると、女主人が遺体にすがりついて恨み言を言いつつ泣いていた。しかしながら、その彼女こそが狙撃を命じたのだ、夫が村外れの混血の女と恋仲だという噂に焼きもちを焼いたのだと言う者が少なからずいた。実のところ夫婦仲はもう何年も前から最悪だった。未亡人は涙も乾かぬうちに、あの忌まわしい僻地を出て父親のもとへ帰る支度を始めたとのことだ。

聞くところによると、遺体を床《とこ》に運ぶよう命ずるやいなや、彼女はズボンの腰から奪った鍵の束を手に急いで鞄を開けにいったそうな。あの飾りが施されたシッコ・アルエッチさんのトランクだ。彼女が探していたのは金貨の袋だった。しかし袋などなく、金貨もなかった。ツイードとビロードの古い服、錆びついた缶の中にすでに使われていない紙幣の束、それにいくらかの銀貨と金の指輪。あとは書類と本と、箱に納められたあの皆に知られた笛だった。

そこから継母と継子の争いが火を噴いた。前に述べた、祖父からフランシスコ・アルエッチの名を受け継いだ子どもだ。が、彼はシキーニョと呼ばれた。トランクの中身が乏しいことがわかるとすぐ、未亡人は継子らが盗んだのだと喚き散らした。彼らは何も答えなかった。しかし長女は、祖母と同じような鬼女で、火のついたまきを掴むや継母の目に投げつけた。女は走って出ていき命からがら村にたどり着いた。それ以前に埋葬についても揉めていた。未亡人は遺体を神聖な場所に埋葬したかったのだが、子どもたちは丘のふもとの二人の亡き妻がいる墓場に葬るべきだと言い張った。彼らの言い分が通った。あの農場の墓はすでに小さな墓地であると認められたのだ。

未亡人は、妻である自分の取り分を魔物どもに奪われたとそこここで息巻いた。アルエッチ翁の金はすべてどこかに埋められている、だからなるほどあの家では硫黄の匂いが強く漂っていたのだと。その若者シキーニョはパターコの一風変わった性格を受け継いでおり、言いたい放題の継母に嫌気がさしたのであろう、村に行くことをぱたりとやめてしまった。また父ほどの僅かな教養もなく、もちろん祖父とは比ぶべくもなかった。名を受け継いだに過ぎず、それすら認められないと言う者もいた。選挙の折に党派を明らかにしていなかったので、ある候補者の支援者が票を頼みにきたが、留守だと答えるよう命じて雲隠れしてしまった。

結婚もしなかった。誰も彼の連れ合いを知らなかった。「白い丘」でともに住んでいた人たちが少しずつ死んでいった。そして嫁き遅れの姉も。彼女は性悪だと言われ、本当に風変わりな人だった。幼い頃から継母と反りが合わず憎んでいた。黒人の女たちと台所にいて、隅にしゃがんでフォークも使わず手づかみで食べた。キリスト教徒とよりも動物たちと過ごした。部屋と呼んでいたあばら家でニワトリやハトとともに住み、四方にはいつも何匹もの犬がたむろしていた。人々は彼女はカエルとコウモリを育てているのだと噂した。だがこれは作り話であろう。継母は娘のことを「魔女」だの「頭のないラバ」だのと言ったが、名をカロリーナといい、家の下働きの女たちはカローラ奥様と呼んでいた。その姉が年老いて亡くなってしまうと、やはり折り合いが悪かった弟は（二人はひと月もの間おはようの一つも言わず過ごすこともあったという）事実上一人ぼっちになった。女中たちは死んだり出ていったりして次々といなくなり、一人の婆やを残すのみとなった。父親の水車小屋はほとんど止まったままだった。トウモロコシやマンジョッカ、豆や米を育てても、家の者を養うには足りなかった。家畜もほとんどおらず、痩せた牡牛か子どもを産んだ牝牛かがいたが、それも年を経るうちにシキーニョは市場で売り、いくらかの布地やネルの毛布や塩や好きな菓子などに換えてしまった。

ついにその婆やまでが死んでしまうとシキーニョさんには誰もいなくなった。日を追うごとに彼のもとには埋蔵金があるに違いないとの噂が広まった。「それはでっかい壺なんだと」「金粉がゆうに一アロバは詰まっているんだ」「それにアルエッチ爺の金貨がね」「三人のうちの誰か、爺さまか父親か孫かがどこかに埋めたのさ」とは言え土地の人々は話すだけで満たされ、「白い丘」まで行ってこの謎を確かめようなどと考える者は誰もいなかった。

馬に乗った見知らぬ者たちの一軍がどこからともなく現れたのはその頃のことだった。プレステス隊〔一九二五年から一九二七年にかけて革命思想を広めるためブラジル内陸部を行脚した反乱軍〕の反逆者だと名乗った。いや、かつては反逆者だったのかもしれないが、その時には脱走者、棄教者に過ぎなかった。事実、無法者の集団で、盗みを働いたり強盗に入ったりしていた。反逆者とはそのような者たちではないはずだ。

やって来るや村に居座り、食料や飲み物、それも良いもの、最良のものを要請したという。ほどなくしてお喋りな人の口から「白い丘」の埋蔵金の話を耳ざとく聞きつけた。その日、彼らはそこで夜を迎えたが、夜明けにはもういなかった。彼らが姿を消して三日後、かつての農場の道を通りかかった人たちが、屋根の上をクロハゲタカが飛ぶのを目にした。不審に思い、そこへと上っていった。

そこに彼らが見たものはシキーニョ老人の亡き骸だった。塊った血だまりの中で三日を経た屍だ。居間のレンガの床は破壊され、掘り返され、蟻の巣のようだった。表の間も、女たちの小部屋も、食糧庫や台所に至るまで同じように荒らされていた。賊は丘のふもとの墓穴までも掘り返した。パターコと二人の女が葬られた穴だ。可哀そうに彼女らは死んだ後にまでも侮辱されたのだ。

しかし金が見つかったかどうかを知る人はいない。盗賊たちが見つけて持ち去ったのなら、誰にもそれを話すまい。


（神谷加奈子訳）

タンジェリン・ガール

飛行船の呼び名ははじめから彼女の関心をひいた。その光り輝く巨大な鉄の胴体は、「ツェッペリン」でも、「ディリジャブル」でも、ほかのいかなる古くさい呼び名でもなく、きわめて近代的に「ブリンプ」と呼ばれていた。それはおもちゃみたいに小さく、自由で、魅力的だった。彼女の家から数百メートル離れたところに、アメリカ兵の航空基地と飛行船の拠点があった。そして飛ぶ練習をして止まり木を離れる小鳥のように、時おり拠点から飛び立ち、あたりをぐるりとひと回りしていた。当初、少女の目に映るブリンプは、まるで固有の命をもつ動物であるかのように、それ自体で存在していた。それは機械工学が生んだ驚異として彼女を魅了していた。彼女は、すべて銀でできた宝石のようなその飛行船が雲の真下を堂々と漂っている姿を美しいと思った。何だか偶像のようでもあり、少しばかりアラジンの魔神を思い起こさせていた。それに乗って空を飛びたいとは思わなかったし、そもそもそれに乗って空を飛ぶことができるなんて考えもしなかった。ワシにまたがったり、イルカの背に乗ったりしようとする者はいないが、誰しも心からの称賛を送りながら、うっとりとしたまなざしで懸命にワシとイルカの動きを目で追うだろう。というのも、純粋かつ真っ直ぐにそれを見つめる代わりに、私たちが自分に課すこのあきらめは、まさに美しいものの価値のひとつだと思われるからだ。

それゆえ少女の視線に何かをほしがったり、見返りを求めたりする様子はなく、ただブリンプにくぎづけだった。実際、その内部には辺りをうかがっている頭がいくつか見えていたが、それらはあまりに小さくて現実味がなく、銀色の胴体に刻まれた大きな黒い文字「U.S.Navy〔「アメリカ海軍」の意〕」のように、その絵になくてはならない装飾の一部をなしていた。あるいは、おもちゃの車に乗った紙製の運転手のシルエットを思わせていた。

彼女と飛行気球の乗組員たちとの交流はまったくの偶然からはじまった。朝食が済んだあとのことだった。少女はテーブルの上を片づけ、テーブルクロスのパンくずを振り落とすためにオレンジ畑に面したドアの方へ向かった。上空ではひとりの乗組員が眼下に広がる木々と砂のあいまにその白い布がはためくのを見て、孤独な心を動かされた。彼はあの基地で愛国心が鼓舞奨励されるなか、ほかの兵士たちと群れることなく、まるで修道院の僧のように暮らしていた。そしてそこに現れたのが、赤い屋根の家の側壁のすぐそばで、オレンジの木々の緑のなか、布をはためかせている赤毛の女の子だった。水兵はその別れのあいさつに心を揺さぶられた。それまで何度もその家の上空を飛び、そこに人が出入りするのを目にしていた。そして、誰もがそれぞれ自分の暮らしのなかに閉じこもったまま、何とよそよそしい態度で生きていることか、互いに対して何と無関心でいられることか、と考えていた。水兵はいつもほかの人たちの上を飛んでいて、彼らをながめ、その様子をうかがっていた。しかし、空を見上げる者がいたとしても、飛行船内にいる操縦士へ思いを巡らすことはなく、ただ空を漂う銀色の美しい物体をながめるだけであった。

しかし今、あの少女は彼のことを考え、旗のように布を振っていた。確かに彼女はかわいかった。太陽が彼女の髪を炎のように輝かせ、ほっそりしたシルエットが緑と砂地を背景にくっきりと浮かび上がっていた。彼の心は感謝の気持ちでいっぱいになり、彼女へと一直線に向かった。風、距離、モーター音のせいで何も聞こえないだろうことはわかっていたが、窓に寄りかかり、手を振り、叫んだ。「友よ！　友よ！」彼の身ぶりに彼女が気づいたかどうか確信をもてなかったので、もっとわかりやすい方法でやり取りしようとした。何か贈り物を、せめて一輪の花でも投下することができたなら。しかし、海軍の飛行気球のなかに、女の子にあげるのにふさわしいものがあるだろうか？彼が見つけたもっともましなものは大きくて白い陶器のマグカップだった。大砲の玉のように重く、そこにはもうすぐコーヒーが注がれることになっていた。まさにそのカップを水兵は投げた。いや、投げたのではない。光り輝くシルエットを避けて、慎重に落下させたのである。重力の作用を和らげるために細心の注意を払って落とした。それが弾丸のようにシューッと音を立てたりせず、贈り物として心地よく届くようにと。

テーブルクロスをはためかせていた少女は、実際に、ブリンプのモーター音が聞こえると空を見上げていた。上空で若者が腕を振り回しているのを目にした。それからあの白い物体が空気を切り裂き、砂地に落ちるのを見た。彼女は驚き、悪趣味な冗談だ、外国の兵士の無作法な悪ふざけだと思った。

しかし、地面に無傷で着地したマグカップを見たとき、彼女は混乱しながらもそれを送った人の心を感じ取り、カップを手に取ると、飛行気球の胴体に刻まれているのと同じ「U.S.Navy」という文字が底に刻まれているのがわかった。その間、ブリンプは、遠ざかっていく代わりに、家と果樹園の上をゆっくりともう一度旋回した。そこで女の子は、今度は意図的に空を見上げ、テーブルクロスで合図を送り、微笑みながら首を振った。ブリンプはさらに二度旋回してからゆっくりと飛び去った。少女は若者が自分にサウダーデ〔「懐かしさ」、「恋しさ」の意〕を感じているように思えた。上空では乗組員も思いを巡らせていた。ただ、彼はポルトガル語がわからなかったのでサウダーデではなく、何か胸を刺すような甘美な感情について。たとえ私たちの言葉を話せなかったとしても、アメリカ兵にも心はあるのだから。

　こうして朝、お決まりの行事が繰り返されるようになった。毎日ブリンプは立ち寄り、毎日少女はそれを待っていた。もはや白いテーブルクロスは持たず、時には手を振ることすらしなかった。ただじっとしていた、太陽の光を浴びて地面に浮かびあがる明るい斑点のように。それはまるでタカとガゼルの恋物語だった。彼は空気を切り裂く獰猛な兵士で、彼女は地上で彼が通り過ぎるのをうっとり見とれている臆病で小さきもの。今では、贈り物はわざわざ基地から持ってきたもので、もはや間に合わせで選んだ無骨なマグカップではなかった。空から『ライフ』誌や『タイム』誌、水兵帽が降ってきた。そして、ある日、乗組員はポケットからすみれの合成香料を染みこませた自分のベジタブルシルクのネッカチーフを取り出した。ネッカチーフは空中で広がり、紙でできたオウムのように舞い降りてきた。最後にはカシューの木の枝に引っかかったので、少女はカシューの実の収穫棒を使って大変な思いをしてそれを取った。それでもちょうど真ん中あたりを少し破いてしまった。

しかし、すべての贈り物のなかで彼女をもっとも喜ばせたのは最初の贈り物だった。石粉でできた重たいマグカップ。彼女はそれを寝室の簡素な書き物机の上に置いていた。はじめ、食卓で使おうと考えたが、兄たちにからかわれるのがこわかった。そこで、鉛筆やペンを入れて使うことにしたのだ。ある日、名案が浮かび、陶器のマグカップは花瓶として使われるようになった。アメリカネムノキの枝、ジャスミン、クチナシ、ミニバラ。田舎の一軒家の素朴な庭には華やかなバラも高価な花もなかった。

彼女は以前より熱心に英会話の本に取り組むようになった。映画を見に行けば、意味を理解するだけでなく、発音も学ぼうとひたすら会話に集中した。彼女の水兵をスクリーンで目にする二枚目俳優に見立てたので、水兵は次々にクラーク・ゲーブル、ロバート・テイラー、ケーリー・グラントに変わっていった。あるいは、太平洋上で交えた一戦で命を落とす、役名もない若者のような金髪青年になった。時には、レッド・スケルトンのような朗らかな郵便配達員にもなった。彼女には少し近視があり、地上から見上げるたび、彼のことがあまりよく見えていなかったのである。何とか見えていたのは頭部の輪郭と、揺れ動く腕だった。太陽の光が差す方向によって、彼は金髪にも黒髪にも見えた。

いつも同じ水兵ではないかもしれない、とは思いもしなかった。しかし実は、乗組員たちは毎日交替していた。非番の日には、そこで親しくなった女の子たちと町をぶらついたりする者もいれば、アフリカやイタリアへ行ってしまう者もいた。飛行気球の拠点にはオレンジ畑の少女との日課が確立していた。水兵たちは彼女に「タンジェリン・ガール」というあだ名をつけた。もしかしたら、ドロシー・ラムーアの映画がきっかけかもしれない。というのも、ドロシー・ラムーアは北米のすべての軍隊において、南米や太平洋諸島の小麦色の肌をした若い娘はこんな風だろうと思わせるイメージを与えていたからである。または、彼女がいつも兵士たちをオレンジ畑で待っていたからかもしれない。そして、少女の赤毛が朝の光に照らされるとき、熟したタンジェリンのような赤褐色の輝きを放っていたからかもしれない。彼らは、まるでみんなの所有物であるかのように、タンジェリンの女の子との交流を途切れさせることなく次々に分かち合っていた。飛行船の操縦士が従順にも、規則で定められている最も低い高度で巡回し、もうひとりが小窓から下界を見下ろして、さようならと手を振るのであった。

　なぜ若者たちがメモを投げることを思いつくのに、あれほど時間がかかったのかはわからない。おそらく彼女には理解できないとでも思ったのだろう。彼女の家の上を飛ぶようになってから一カ月以上たってから、ようやく最初のメモが投げ落とされた。それは雑誌の表紙を飾る若い女性のバラ色の頬に書き込まれていた。苦心してブロック体で書かれたそのメモには彼らが町の女の子たちから聞いて覚えた初歩的なポルトガル語が交っていた。「親愛なるタンジェリン・ガール。どうか Você vem hoje〔「おいでよ今日」の意〕」、X基地へ。ダンスとショー。Oito horas P.M.〔「午後八時」の意〕」そして、雑誌の反対側の隅には大きく「Amigo〔「友だち」の意〕」という私たちのあいだでアメリカ人を指す合言葉が書かれていた。

　少女はその「タンジェリン・ガール」が誰を指しているのかわからなかった。自分のことだろうか？　きっとそう……彼女はお世辞としてそのあだ名を受け入れた。それから、最後のふたつのアルファベット「P.M.」について考えた。サインなのだろうか。ピーター、ポール、それともパッツィ？

探偵ニック・カーターの助手みたいな？　だが、以前勉強したことを思い出した。略語が掲載されている辞書の後ろの方のページをめくり、軽く落胆しながら、それらのアルファベットが「正午より後の時間」を意味することを確認した。

手で合図して返事することはできなかった。なぜなら、彼女がようやくそのメモに気づいたのは、ブリンプが遠ざかったあと、その雑誌を開いたときだったからだ。そこで彼女は事の次第を理解した。彼女のパイロットをはじめて身近に感じ、ひどく驚き、恥じらいを覚えた。今日、彼が背の高いハンサムな男なのか、白い肌の金髪なのか、それとも褐色の肌と髪をしているのかわかる。やって来る彼の姿を見るために門柱の後ろに隠れていることも考えた。でも話しかけたりはしない。それとも、勇気を出して、彼に手を差し出そうか。一緒に基地まで歩いていき、それからなまめかしいフォックストロットを踊ろうか。彼は日に焼けた頬を彼女の髪に密着させて、その耳もとで愛の言葉を英語でささやくだろう。彼女が誘いを受けて出かけることを家族が許すかどうかは考えなかった。すべてが夢のなかの出来事であるかのように過ぎていた。夢のなかのように、葛藤も障害もなくうまくいくだろう。

日が暮れるよりずっと前に彼女は髪をとき、服を着替えていた。彼女の胸は不安でドキドキし、頭は少し痛み、顔はほてっていた。招待状は誰にも見せないことにした。ショーには行かないし、ダンスもしない。入り口で少しだけ彼とおしゃべりしよう。英語のフレーズをいくつか練習し、外国の言葉で甘いささやきを聞く心づもりをした。七時になると彼女はラジオをつけ、スウィング・ジャズの番組を物憂そうに聞いた。兄が通りかかり、そんな時間によそ行きの服を着ている彼女をからかったが、彼女は気にもとめなかった。七時半、彼女はポーチに出て、表門と通りをながめていた。八時十分前、夜のとばりがおりた頃（ずいぶん前に小さなランプが灯され、表門を照らしていた）、彼女は庭へ出た。そして八時ちょうどに、笑い声と騒々しい足音が通りの向こうからこちらへやって来るのが聞こえた。

驚いて後ずさりすると、彼女の恋人の水兵だけでなく、にぎやかな水兵の一団がやって来るのがわかった。彼女はふるえながら、彼らが近づいてくるのを見つめた。彼らは女の子に気がつくと、表門を取り囲んだ。それはまるで作戦行動のようだった。彼らは帽子を取って、陽気に騒ぎながら自己紹介をはじめた。

若者たちのなかから彼女の夢の王子様を探り当てようと、彼らのまだひげの生えていない顔、ほがらかで少年のような笑顔に目を走らせ、ひとりひとりじっと見つめ、名前を聞いていると、彼女は不意にすべてを理解した。彼女に恋した水兵は存在しなかった。それは彼女の想像のなかで作り上げた人物に過ぎなかった。決してただひとりの存在ではなかった。「彼」は決して同じひとではなかった。おそらくブリンプすら同じ飛行気球ではなかったのだろう……

ああ、なんて恥ずかしい！　たくさんの人にさよならと手を振ってしまった。似たような外見に惑わされ、毎日、たくさんの異なる若者に心の底からこの上なく感傷的なメッセージを送ってしまった。そして彼らの笑い顔に、もはや基地の慣例となっていた共同の恋人のかわいらしいタンジェリン・ガールへの心のこもった言葉に、ただ嘲笑と厚かましい親近感だけを感じ取った。きっと彼女のことも、駐留している水兵であれば誰彼かまわず付き合う女の子たちのひとりだと思ったに違いない。きっとそう思ったに違いない。ああ神様！

薄暗かったせいか、あるいは、彼女の微妙な心の動きを気にとめなかったせいか、若者たちは女友達の丸みのある顔に浮かぶ苦悩と怯えに気づかなかった。そして、若者のひとりが身をかがめて彼女に腕を差し出すと、彼女は驚いて後ずさりしながら、おずおずと口ごもりながら言った。

「すみません……間違いがあったようです。間違いが……」

最初はゆっくりと、それから一目散に逃げ出した彼女を見て、若者たちはさらに訳がわからなくなった。彼女が自分の部屋へ駆け込んで鍵をかけると、枕をかみながら、これまでもっとも苦くて熱い涙を流すとは思いもしなかった。

それ以降、彼らがオレンジ畑で女の子を見かけることはなかった。何度も贈り物を投げ落としたが、それらがいつまでも地面に放置されているのを目にするだけだった。贈り物のほうは、時には、その辺りの少年たちが拾って持ち去った。

（平田恵津子訳）

マルケス・ヘベーロ

嘘の顛末

僕たちはサン・フランシスコ・シャヴィエルの駅近くにある二階建ての立派な家に住んでいた。正面には噴水付きの小さな庭があって、横には朝日の当たる心地よいテラスがあった。当時、快適で贅沢な広い家を何不自由なく持つほどには父の生活も安定していなかったけれど、彼の短所の中でも特に見栄を張るところは許すべきだろう。神様の言うとおり完璧な人間などいないのだから。

弟のアルイジオは人間の姿をした悪魔だった。あるとき、応接間で大胆な悪戯をして転んでしまい、籐の長椅子の後ろにあった赤褐色の優雅な台座を倒してしまった。親しい友人も少なく、来客はまれで、掃除をする土曜日を除いて応接間にはいつも鍵がかけられていたのに。

大したことではなかったかもしれない。豪華なニッチのような台座の上に父がよく自慢していた豪華な花瓶（「お前たち、これが本物の芸術品だ」）、その本物の薩摩焼が置かれてさえいなければ。母は母でこの花瓶には思い入れがあった。男爵だったおじいさんがヨーロッパで亡くなって財産分与が行われたとき、お調子者で強欲なアラリッコおじさんに取られずに済んだ数少ない物のひとつだったからである。

　午後、帰宅した父がつばの広い中折れ帽を脱ぎもしないうちに、母はこの不運な出来事を事細かに報告した。

「アルイジオ！」

　父は色をなして声を荒げた。あまりの剣幕に哀れな母の顔は青ざめた。「奇跡の聖人」を慌てて夫の前に出してしまい、その場で後悔した。

　悪戯のあと身を隠していたアルイジオは裸足のまま音も立てずに現れた。その姿があたかも昨日のことのようによみがえる。うな垂れてはいたけれど、アルジーラおばさんが言うところの「ずるい牛の顔」をしていたのだ。神妙な面持ちの弟は父のそばに寄ると、落ち着きのない小さな目で横から見た。父の思いを推し量るには十分で、またすぐ俯いた。いつも母が短く刈りなさいとうるさく言っていた髪はぼさぼさで、しわの寄った薄汚れた額に前髪が垂れていた。

　弟の命運に誰もが震えあがった。いつもは物静かで鷹揚な冗談好きの父でも、それなりの理由があるときには激高することもあった。怒りが充満したときには逃げるしかなかった。というのも、必要であれば手を上げることも辞さないからだった。黒人女のララ（僕たちはパウリーナをそう呼んでいた）は廊下から中の様子をうかがいつつ祈り、涙を流した。彼女は初めてやってきた日から「英雄」を特別かわいがっていたのである。

「どういうことなんだ、これは？」父は険しい表情で問い詰めた。

アルイジオはとても想像力豊かだった。躊躇することなく、その場で空想の物語を作り上げた。曰く、この悲惨な事故の真犯人は悪党で、誰にも目撃されずに逃げて去ってしまったとのこと。謎に包まれた出来事に、ただひとりアルイジオが偶然居合わせた。部屋にアルバムを取りに行ったときであったと、もっともらしく言い足した。一瞬たりともじっとできない質《たち》なのに、どういうわけかアルバムをじっくり見るのは大好きだった。

「何もできなかった」いつもとは違う声が出る。「だって怖かったんだ。嘘なんてつくわけないよ」

ぞっとして身動きできず、口もこわばって何も言えなくなり、助けを求めて叫ぶこともできなかった。

「そうなっても、おかしくないでしょ?」

父はあんぐりと口を開けたまま聞き入り、小さな子どもの想像力溢れる知性に驚きを隠せないでいた。母と僕は戸惑いを隠せず、パウリーナも目を見開いて呆気に取られていた。

アルイジオの描写は鮮やかで、自信たっぷりだった。男は真っ赤な長い髭で(ここは実に弟らしく細部へこだわって強調する)、目元を紫のマスクで覆い、膝丈のブーツを履いていた。武装していたようだったが、大きな黒いマントに身を包んでいてはっきりしなかった。

こうしてもう大丈夫だろうと、急に口を閉じ、大活劇に合わせて振り回していた腕を下ろす。

父は堪えきれず、あまりの可笑しさに吹き出した。一番近くの椅子に座って身をよじり、近くに呼んで頭を撫でた。「お前の将来が楽しみだ」父親は何より誇らしかった。身を縮め未だあっけらかんとする聴衆に弟の輝かしい未来を思いつくまま自由に語ると、外に遊びに行くよう弟に言った。

父の言葉を盾に、アルイジオはそれから何週間も教科書を放ったらかして遊び呆けた。丘で凧を飛ばしたり、子どもたちに交じって道端でビー玉ゲームに興じたりした。ところが、そんな気ままな時間にも終わりが訪れる。「このバカもんが！」と父がついに雷を落とし、母は鉄の門扉に南京錠を掛けた。この出来事は親族中に知れ渡り、忘れられることなく、来客の度に泥棒事件として語られ大笑いされたのである。もともとの出来事からすれば、花瓶事件と呼ばれるべきところなのだが。

しかし、オリジナルとコピーや金のラベルと安物のように、この世はどこもかしこも不正で溢れている。その証拠に、僕も鮮かに失敗した。たったの一度だけアルイジオのやり方を真似して。弟は今や弁護士になってうまくやっている。前途洋々といったところだ。父が予言したあの大げさな未来には遠く及ばないが。そんな父も僕たちの愛情が永遠に届かぬところへ行ってしまった。良き父だった。暑い夏が訪れようとしていた頃、家族にとって辛い出来事があったあの年に。

僕たちの家には水差しがあって、それを使って水を飲むのは父しかいなかった。マンゴーの穏やかな木陰にテラスがあり、そのテーブルに水差しは置かれていた。昼も夜も水はいつもいっぱい。こうすると水がさらに冷たくなり、父がこだわった軽やかな陶器の味が浸み込む。夏の日曜日には毎日とは言わないまでも、ソウザさんがよく顔を出して何時間かおしゃべりすることがあった。母さんはこの人をつとに疎ましく思っていたが、特に気を遣ってもてなしていた。夫のことを神には及ばぬものの深く敬愛していたからだ。その夫が彼のことを大物で節度ある男だと心から褒め称えていた。首の古傷は襟の高い服を着れば隠せるだろうが、そうしようとしなかった。これだけでも不愉快なのに、話題ときたら土地を売ることやら、冗談やら代わり映えはしない。

「なあ、氷が入った冷たい水ってあるか？」

「氷は体に悪いぞ、馬鹿だな。それより、冷えた水差しがある。水差しはどこだ？　ほら、ソウザさんも飲みたいって」と家の奥に向かって叫んだ。

ご覧のとおり、この特別な人にだけ父は水差しの貴重な中身を分けていた。一目で上等だとわかるような物とは程遠く、品揃えの良くない店にも置いてある平凡極まりないものなのに。楕円のピンクと青の花輪模様の中に小さな家とハチドリが描かれていたから、多少は値段のするものだったとは思う。いずれにしても、すでに言ったように極々ありふれたものだった。

水差しについて話したのだから、ペテッカ〔インディアカの元となった手で遊ぶ羽根つき〕のことも話そう。一見すると突拍子がなく、そうでなければ馬鹿げているのだが、自分の人生の中で忘れがたい物語なのだ。

それは僕の憧れの一つで、察しのとおり子どもじみたものだ。だからといって、後から考えてもペテッカが欲しいという純粋な望みほど大切だったものはない。

おもちゃ屋にいると、そわそわした視線は電車や三輪車、ゲーム、車などには目もくれず、ひっそりと隠れているペテッカを探し求めてしまう。ただ、町に行っても帰り道はいつも手ぶらで、路面電車の中ではひどく落ち込んだ。またしても親愛なる夢のおもちゃをショーウィンドウに残してきてしまった。町に出かけることは密かな悩みの種だったのに、毎週のように出かけるものだから苦痛でしかない。母はひとりでは行きたがらず、長男だということで付き添わないといけなかった。「あなたの方がおりこうだもの！」と言っていた。だからこそ、アルイジオは悪戯に明け暮れた。町には出かけたがらず、家にいる方を好んだ。母に叱られることなく好き勝手にできるから。近所の庭に石を投げたり、壁の上で悪ふざけをしたりの悪戯三昧。果てにはララが餌付けをしていたぶちの猫の尻尾を斧で切り落とした日もあった。

母との外出はいつもそんな感じで出かけるのは辛く、俯いて帰路についたものだった。夜には夢を見た。愛しいペテッカは手元にあり、これ見よがしに手を振って宙に打ち上げる。パシン、パシン、赤い羽根のついた最高に素敵なペテッカ。でもなぜだか、両親にねだる勇気がなかった。聞き入れてもらえないほど高価なものではないと分かり切っていたのに。「馬鹿だ」と言ったり、「考えが足りない」と反論したりする人もいるかもしれない。そもそも子どもはおねだりするのが当たり前なのだから。自分の考えを変えるつもりはない。いま語っているのはまったくの真実であり、それで十分。

長い間こんな風にペテッカを夢見てショーケースを熱く眺めていたが、ある日、ソウザさんがやって来た日曜日に信じられないことが起こった。彼がプレゼントしてくれたのだ。

その特別な午後、心を通じ合わせる秘訣を学んだ。正面から見た父の昔からの友人はやはり見るに堪えなかったが、一方でこれほど優しい人はいないとも思った。その不気味さゆえにいかなる同情も起こさないあからさまな傷も、彼のことだから何か驚くような理由があるのだと納得して、彼の人生の人知れぬ英雄物語に結び付けようとした。卑怯な敵からの不意打ちに果敢に立ち向かった苦い記憶をいつまでも忘れないよう残った傷なのだ。彼の相変わらずの冗談にも笑うことができたし、時間になると水差しも取りに行った。彼のそばに寄っておしゃべりに耳を傾けた（その際、ボタフォゴにどれだけかは分からないが土地を持っていると知った）。帰りには門で彼を待って、路面電車まで送って行った。つばを上に反らせたパナマ帽の彼は大股で歩くので、ついていくのがやっとだった。

ところが、水差しとペテッカが不幸を生む。不慣れな手で打ったペテッカが水差しの方へ飛んで行き、割ってしまったのだ。「水差しなんてこの世にいくらでもあるわ。蟻みたいなものよ」母は面白いたとえ方をして慰めてくれたし、心配する者も誰もいなかった。

夕食のために父が遅くに帰宅したときには、もう部屋の明かりもついていた。日中あまりに暑かったせいで、喉も乾いていたのか、汗びっしょりの姿のまますぐに大声を張り上げた。

「水差しを持ってきてくれ」

水差しは割れてしまったこと、こうなったのは家の中でペテッカを打ち飛ばしていた僕のせいだと語られた。父に呼ばれた。ゆっくりとそのそばへ行き、作り話を始めた。ネズミを追いかける猫の冒険譚だ。

ところが、僕は想像力に欠け、あまりにもありふれた話の中に誇張も面白みもなかった。実際、半分も話し終わらないうちに、父から平手打ちを頬に食らった。

「この嘘つきが！」

夕食のことも忘れて僕の耳を引っ張って部屋に連れて行くと、嘘をつく男は男ではないと激しい口調で言った。一週間、テラスも含めて家から一歩も外へ出てはならないという罰が与えられた。アルイジオは僕が閉じ込められていることには無関心で、その不在を気に留める様子もなくおもちゃで遊んでいた。痛む手を休めている間に部屋の窓から外を眺めた。朝、家を出る前に父から地理の教科書三十ページをきれいな字で間違いなく写すよう言いつけられていたのだ。弟は自由自在、すばしっこく走り回り、木登りをしていた。そんな彼をひっそり羨む十歳のときのことだった。


（岐部雅之訳）

扉を開けてくれたステラ

知り合って数カ月の間、あんなにも時が速く過ぎたことはなかった。彼女は母の古い友人のマダム・グラッサの非常に質素な仕事場の裁縫助手だった。愚かにも両側性肺炎で二十歳で死んでしまった兄のアルフレッドは横着な子供で、使いをするのも、届け物も、町へ買い物に行くのも嫌がった。母さんはものぐさな兄を大目に見た。そこで私が母が仕立て直しを頼んだドレスを受け取りに行った。絹も完璧で、上々の仕上がりだった。その時、応対してくれたのがステラだった。マダム・グラッサは出かけていて、ステラはドレスのことをマダム・グラッサから何も聞いていなかった。「ちょっと待っていただけないかしら」と尋ねた。マダムが出かけたのは近所で、すぐにもどってくる。待つよ、と私は答えた。彼女は椅子を勧めると、仕事に戻った。そこから会話が始まった。

ステラはひょろりと背が高く、暗褐色の肌で、とても痩せていた。手足は長すぎ、声は少しかすれていた。時折考えを巡らせながら淀みなく話したけれど、言葉遣いの間違いも少なくなかった。

「ここに勤めてまだ間もないよね？」と訊いた。

「一月も経ってないわ」

「だろうね。君のこと知らなかったもの」

「じゃあ、よくここに来るの？」

「そんなにしょっちゅうでもないけど、来ることは来るよ」

ステラは糸巻きを取りに立ち上がると、再び仕事に戻った。隣には薄汚れたマネキンがあった。白いモスリンのカーテン越しの柔らかな日光が彼女の足に当たっていた。薄明りの中、彼女の手が忙しそうに働いた。節くれだった指は刺し傷だらけで、爪はとても短かく切られていた。

「あなたのお母上様はマダム・グラッサのお友達だったわね？」黒い糸を歯で切った後で尋ねた。

「子供の頃からのね」

「あら、そうなの」

鋏を動かす間のほんのわずかな沈黙。

「とても素晴らしいマダムだと思わないこと？」私を見ることなく尋ねた。

「うん」

「私、マダムが大好きなの。命令したりしないの。頼むのよ。お願いするわ、なんて。癇癪を起こすこともないし、いつも陽気で機嫌が良くて。私たちもうれしくなる。そんな人と仕事ができて幸せよ。そう思わなくって？」

そうだろうな、と思った。彼女は、しばらく細かな作業に集中した後で話を続けた。

「この前に仕えた女主人《パトロア》は難しい人だったの。もう我慢ができなくって。私のやることなすこと全部、気に入らないの。口の利き方も酷かったわ。奴隷のような扱いだった。あなたはそんな主人《パトロン》に仕えたことはおあり？」

「いや。主人に仕えたことは一度もないよ。学生だからね」

「ああ、そうなの。で、何の？」

「ほんとのところは何の学生でもない。予備校を終えるところだけど、今年で止める。あとは何をするかな？　わからないよ」

「いいこと？　勉強は続けなきゃ駄目。卒業するのよ。卒業しなきゃ何にもなれないの。私の代父《パドリーニョ》はいつもそう言っていたわ。私に教師になってほしかったの。私も勉強を始めたんだけど、でも、ちょっと道を踏み外しちゃったの」声を上げて笑った。「でも続けられればよかった。そこから全部悪くなっちゃったんだもの。代父も亡くなり、代母《マドリーニャ》も生活が苦しくなって、勉強を止めなきゃならなくなった。で、働くようになった。手先が器用だからってお針子になった。でもあんまりいい仕事じゃない。仕事仕事で休みもないの。一着仕上げればすぐにもう次。でもね、いつか……」

「きっと叶うさ」

彼女は頭を上げげた。

「でも、運がよくなきゃ、でしょ？」

私が答えようとするとピンが落ちた。私がしゃがんで探そうとすると、彼女は制した。

「いいの！」

構わず拾い上げて、彼女に渡した。

「はい、どうぞ」

「どうもありがとう。でもね、床に落としたままでよかったの。一日に数え切れないぐらい落としちゃうんだから。午後遅くに部屋の掃除をするときに全部拾うの。落ちるたびに頭を下げるよりそっちのがいいでしょ？　そう思わない？」

「確かにそうだ。でも今は拾ってあげたかったんだよ」

彼女は微笑んだ。

「奇特な方がいるものね」

奥にある時計がひしゃげた声で歌った。四時であった。そしてでっぷりと太ったマダム・グラッサが戻ってきた。笑顔を浮かべ、あけすけな態度で。母さんを一年も顔を見せない薄情者だと非難しながら（これは言い過ぎだった。母さんは二週間も経たないある晩にマダムを訪ねていたのだから）。母さんが会いに来なければ私たちの家には二度と足を踏み入れないとまくしたてた。

「母さんはとても忙しくしてるんですよ、マダム・グラッサ。とても疲れているし、家の中が大変なんです」

「話は聞いてるけどね」ドレスを私に渡して言った。「気に入らないところがあれば、遠慮なくまた持ってくるようにお母さんに伝えて頂戴」

店を出る前、さりげなくステラに目を遣った。彼女は笑みを返した。

その笑顔と眼差しが私の脳裏から離れず、二日後、彼女に再び会いに行った。彼女がマダム・グラッサの店を出るのは六時。五時十五分にはもう曲がり角にいて、ステラを待った。抑えることのできない激しい震えが私の足と心臓を揺さぶった。もし彼女が来なかったら？　落ち着かないまま何本もの煙草に火をつけた。記憶の中で散り散りになってしまった彼女の容姿を思い出しながら、正気を保とうとした。

思いつめた様子で足早に彼女が通り過ぎた。一歩踏み出さなければ、私に気付くこともなかっただろう。足がさらにがくがくと震え、声も裏返った。

「こんにちは」

彼女は満面の笑みで立ち止まった。

「まあ驚いた！」

目を閉じて、彼女の前に棒立ちになり、彼女のことを待っていたと口走った。

「私を？」

「そうだよ」

「ほんとに？」

「ほんとだよ」

彼女は粗末な財布を胸に押し付け、幾分、戸惑いながら、立ち止まり続けるか足を進めるか決めかねていた。

「悪いことしたかな？」

すぐさま答えた。

「そんなこと！」

私は宙ぶらりんになった。

「悪かったなら、遠慮は要らないからそう言ってほしい。気を悪くしたりしないから」

「そんなことないわ。嘘じゃない」

「なら嬉しいよ。最高に嬉しい」

彼女はそれから歩き始め、私は尋ねた。

「家に帰るんだよね？」

彼女はうつむいて、

「そうね……。たぶん」

心地よい安心感が私を包み込んだ。

「いつもよりゆっくり帰ることはできないかな？」

彼女はうつむいたままだったが、歩を緩めた。

夕方になると、毎日、同じ道を通って帰った。日ごとに道行の時間は延びていった。週末には、手を取り合い、彼女の住んでいるリオ・コンプリードの坂道まで、幾筋もの通りをさまよい歩いた。彼女の家は繁盛している食品店の裏手にあった。部屋が三つのその小さな家で彼女は生まれた。船乗りだった父の死の知らせを聞いたのもその家でのことだった。父親は世界中をくまなく旅し、異国の人たちのことをよく知っていた。日本人は箸でご飯を食べる。中国人はネズミの赤ちゃんのバター炒めが大好きだ。場所はさだかでないが、どこそこの先住民は両親が老いると殺してしまう。アフリカでは働くのは女たちで、男は家で横になり、酒を飲み、煙草を吸い、暑さをしのぐ。彼女は口を開くと話が止まらなかった。ステラの名前の由来も教えてくれた。ああ……そのこと。笑った。カヌーのせいよ。まだ子どものころ、父が自分で作った最初のカヌー。父は海や冒険や見知らぬことにいつも憧れていた。父の願いは世界を自分の目でみること、世界中に行ってみることだった。そして、ついに船乗りになった。命を落としたのは貨物船「セイレーン号」だった。船体は黒く、低く、幽霊船の雰囲気で、とてもゆっくり進んだ。アンティル海で竜巻に船が飲み込まれたのだった。誰一人助からなかった。四十人の男が死んだ。八歳の時だった。母は狂ったようになり、信じようとしなかった。父が母と結婚するなんて誰一人想像もしなかった。幼馴染みで、パケタの海岸で長年の近所同士だった。母の父親は石灰窯を営んでいた。ある日、航海から戻ると、父は母を訪ね、書類の準備をするのに証明書が欲しいと言った。そして二週間後に二人は結婚した。一カ月後、父は出発した。半年したら戻ってきて、二週間いて、また出て行った。再び戻ってきたのは、ステラが生まれて一週間経ったときだった。ステラはボールのように太っていた！　母親はルルデスの名を選んでいたが、父は何も言わず、届けに行った。帰ってきた時にはすでにステラの名で届けられていた。

彼女が六歳か七歳の時、航海から帰った父はとても具合が悪かった。重度のリウマチで、眠ることもできなかった。数日後、痛みが収まり、眠れるようになったが、医者は予後を大事にし、可能であれば治療を続けるよう助言した。父は小金を貯めていて、六カ月、家で体を休めることにした。幸せな時間だった！　思い出すと、胸に迫り、目頭が熱くなる。父はとてもいい人だった！　自分のことをとても愛してくれた。一緒に時を過ごし、ビーチや映画館に行った。たくさんのおもちゃも買ってくれた。アイスクリームもキャンディーもご馳走も新しいドレスも。エンジニアの代父はそんな父を叱った。お前はおチビを駄目にしてしまうぞ。父は笑った。駄目にしているのは自分の子だ。そうだ。代父は言い返した。駄目にするのはお前の子だ。だが、お前が行ってしまえば、耐え忍ばなければならないのは残された者たちだ。

　父が亡くなると、母は錯乱し、自分も死のうとした。代父は二人を守ってくれた。母は仕事に精を出すようになった。近隣の裕福な家の洗濯をするようになった。当初、洋服を届けるのは、まだ学生だったステラの仕事で、学校が疎かになっていった。先生たちも上の空だと言った。代父は彼女に普通科に進学し、教師になって、安定した未来を手に入れることを願っていた。立派な人だった。けれど、無慈悲にも、彼女が初等課程を終えようとしていた十四歳のとき、心臓の病気で急死してしまった。代母は生活が立ち行かなくなり、両親の住む故郷のサンパウロに戻った。勉強よ、さようなら！　そして働かなければならなくなった。だが洗濯の仕事ではなかった。母が許さなかったからだ。裁縫をすることになった。アメリアさんは近所の人たちのために裁縫をしており、よいお客さんがいた。ステラを見習いとして雇ってくれた。三カ月後にはマスターした。裁縫は簡単だった。すこしの工夫と忍耐があれば。嫌いでなければあとは自然とうまくいった。しかしアメリアさんはまだ彼女に給料を払おうとしなかった。搾取よ！　別の場所を探すことにし、エスタシオのアトリエに移った。そこも辞めた。女主人がとても気難しい人だったから。セッチ通りの「青い蝶《マリポーザ・アズル》」で働くことにした。一年そこで我慢した。仕事は山のようにあったが、満足に食べれなかった。市電の運賃でお金もかかった……。だから同じ地区内のすぐ近くに職を見つけた。そこもすこしだけ。そんなところに残ろうなんて子もいなかった。経営者は外人《グリンゴ》で、ろくでもない人たち！　一目見てさよなら。ほかに二軒、店を変わって、今はマダム・グラッサのところにいる。マダムはとてもいい人。三カ月になるわ。

　ある晩、映画館の帰り、彼女は言った。

「なぜだかわからないけれど、逃げ出したいの。お父さんの血みたい」

　私は彼女の体を見つめ、答えなかった。けれども彼女は行ってしまうだろうと感じていた。いつか。そして二度と戻っては来ないだろうと。どうしてだかわからなかったが、彼女を引き留めることは何一つしなかった。逃げ出すという考えを受け入れた。あたかも既定の事実であるかのように。彼女は熱い手を握りしめた。彼女の眼は海に魅入られていたのだ。海の波に。見知らぬ海の波に。緑の、深い緑の、神秘的な海の。私は無力感に覆われていた。愛していると感じていたなら、なぜ彼女を引き留めることをしなかったのか？　なぜ彼女が離れていってしまうのをそのままにしたのか？　わからない。今となっては、すべてははるか昔のことで、謎はそのままだ。ステラは今どこにいるのだろう？　どんな男たちの海に姿を消してしまったのか？

　九時に待ち合わせた街角で彼女を待った。とても暑いクリスマスの前夜で、空はとても明るかった。彼女は姿を見せると、私に言った。落ち着き、迷いもなく、この先の出来事にまったく関心がないかのように。

「着いたわ」

「待ってたよ！」

　私たちは心を決めて歩を進めた。万事、私が準備した。自分自身も驚くような細心さで。部屋はすでに決めてあった。その小さなホテルの男と口論をしてまで。到着の時間も決めてあった。

「ちゃんとした娘《こ》ですよ」――その男に言った。「まじめな」

「そういう人が何十人とやって来るんです」

特徴的な訛りのあるポルトガル人だった。下卑た視線が私に寒気を感じさせた。腹を立てて言い返した。

「失礼すぎる。あなたはまったく誤解してます」

男は絨毯のように平身低頭した。「失礼を申し上げるつもりは毛頭ございません。ただ……」それ以上、話を聞くつもりもなく、立ち去った。すべて準備はできた。九時か九時半に彼女とそこに行く。

先を進んだ。市電に乗り、降りると、一言も話さずに数分歩いた。無言の了解ゆえか、運命への恐れか、これから起こることに前もって嫌気がさしているのか知る由もなかった。わかっているのは、突然、彼女が口を開いたこと。絞り出したかのような声で。深緑の目で。そして私の手を熱く握りしめた。

「来るべきじゃなかったわ」

私は震えた。そして私たちは小さな橋の上で立ち止まった。一言も発せず、前もってそうしようと決めていたかのように。歩みを止めて、そこから動くことができなかった。永久に打ち付けられたかのように。穏やかで青い月が私たちを青く染めた。時が流れた。流れる川音が切ない悲しみを湛えた。

ショールで顔を隠した黒い服を着た二人の老女が、ゆっくりと通りを下ってきた。何人かが通り過ぎたが、輪郭があいまいで、この世の物とは思われなかった。そして鐘が鳴った。また鳴った。

「行かない？」彼女は口を開いた。永遠に思えた沈黙を破って。

でも動けなかった。二人は小さな橋から離れられずに、川の音と鐘の音を聞いた。頭上に星が見えた。難破船の遺物のように忘れ去られて。取り残されて。

（伊藤秋仁訳）

ブラジル独立二百周年にあたって

駐日ブラジル大使館は、水声社とのパートナーシップのもとに、未邦訳のブラジル文学作品五タイトルを日本の皆様にご紹介できることを大変嬉しく存じます。これらの書籍の翻訳出版は、二〇二二年に迎えるブラジル独立二百周年を記念した文化普及プロジェクトの一環として行われています。本コレクションに選ばれた作品は、過去数世紀にわたり形成されてきたブラジルのナショナル・アイデンティティの概要を描いています。グラシリアノ・ハーモスからイタマール・ヴィエイラ・ジュニオール、オスカール・ナカザト、リジア・ファグンジス・テーリス、そしてハケウ・ジ・ケイロス、マルケス・ヘベーロ、アニーバル・マシャード、ジョズエ・モンテロの短篇小説まで、ブラジル文学は様々な継承物を吸収し、多文化的遺産を真のブラジル芸術に変換して、文化的表現を世界に発信してきました。

このブラジル文学国際化の取り組みを通じて、他の二国間関係で見られる円滑で緊密な日本との交流が促進されることを期待しております。民族のあまたの文化的表現の中で、文学は読者にわが国の姿を雄弁に伝える能力が抜きん出ています。

本書が楽しい読書となることを、そして本コレクションで翻訳された小説や短編が日本人のブラジルに対する知識や関心を深め、両国の社会の対話を深めるきっかけとなることを願っております。

駐日ブラジル大使

オタヴィオ・エンヒッケ・コルテス

Bicentenário
ブラジル独立200周年
1822-2022

BRASIL 200 ブラジル
独立二百周年記念

IGR
Instituto Guimarães Rosa

訳者あとがき

ブラジル文学がずいぶん身近に感じられるようになった、と言うのは少し大袈裟に聞こえるだろうか。

二〇一七年一〇月にミウトン・ハトゥン（Milton Hatoum）『エルドラードの孤児（*Órfãos do Eldorado*）』（武田千香訳、水声社）の刊行から始まった《ブラジル現代文学コレクション》はすでに十冊に達した。二十世紀の名作であるグラシリアノ・ハーモス（Graciliano Ramos）『乾いた人びと（*Vidas secas*）』や、二〇一二年にジャブチ賞を受賞した日系ブラジル人作家オスカール・ナカザト（Oscar Nakasato）『ニホンジン（*Nihonjin*）』など多様なラインナップである。また、ブラジル独立二〇〇周年を迎えた二〇二二年、クラリッセ・リスペクトル（Clarice Lispector）『星の時（*A hora da estrela*）』（福嶋伸洋訳、河出書房新社）が第八回日本翻訳大賞を受賞したのは記憶に新しい。ブラジル文学史を彩る作品群がこうして次々と日本語に翻訳され、ここ数年で以前にもまして「身近に感じられるようになった」と言うのも、あながち大仰ではないかもしれない。

本書『ブラジル文学傑作短篇集』の目的の一つは、六名の作家の手による十二篇の作品を通じて、二十世紀のブラジル（主に当時首都だったリオデジャネイロ）社会を見つめる機会を提供することにある。テーマは家族、子ども、恋愛、結婚、嫉妬、死など数多の文学が取り上げてきたものであるが、本書ではそこに人種や階級といったブラジルが抱えている問題が絡む。登場人物が白人か黒人（混血）かは各作品を味わう上で極めて重要な要素であり、人種はたいてい階級とも関わっている点に留意しなければならない。加えて、本短篇集の一部の作品で題材となっているカーニバルやサッカーといった文化もブラジルらしさを象徴するものである。一方で、リジア・ファグンジス・テーリス（Lygia Fagundes Telles）の「蟻（As formigas）」と「肩に手が……（A mão no ombro）」に見られるような幻想小説はブラジル文学の主流をなすものではないが、ムリーロ・フビアン（Murilo Rubião）やモアシール・スクリアール（Moacir Scliar）らの作品を引き合いに出すまでもなく、確固たる存在感を放っていることは強調しておきたい。

六名のうち、アニーバル・マシャード（Aníbal Machado）のみ十九世紀末の生まれであるが、いずれも二十世紀に活躍した作家たちである。以下、掲載順に略歴と収録作品の概要を紹介する。

アニーバル・マシャードは、一八九四年にミナスジェライス州のサバラ市で生まれた。州都ベロオリゾンチで初等中等教育を受け、リオデジャネイロ市の大学へ進学するが、地元の大学へ編入して法学を修めた。その後、州立高校で世界史の教員を務めるかたわら、『ミナス日報（*Diário de Minas*）』

では造形美術の批評家としても活動し、同紙でカルロス・ドゥルモン・ジ・アンドラージ（Carlos Drummond de Andrade）やジョアン・アルフォンスス（João Alphonsus）といった詩人たちと交流した。一九二二年にはリオデジャネイロ市へ移り住んだが、作家デビューはそれから約二十年後の一九四一年で、映画に関する評論だった。一九四四年、五十歳にして初の短篇集『幸せな生活（*Vida feliz*）』を刊行し、同書に収められた「サンバガールの死（A morte da porta-estandarte）」は特に高い評価を得て、一九六〇年代には「タチという名の少女（Tati, a garota）」と共に作家本人が脚本を担当して映画化もされている。一九六四年、アニーバル・マシャードはリオデジャネイロ市で生涯を閉じるが、翌年に同郷の友人カルロス・ドゥルモン・ジ・アンドラージの手によって小説『ジョアン・テルヌーラ（*João Ternura*）』が出版された。

「タチという名の少女（Tati, a garota）」

六歳の少女タチと母親のマヌエラは、リオデジャネイロの海岸近くにある賃貸アパートに住んでいる。マヌエラはお針子として働きつつも経済的に楽ではなく、さらにシングルマザーとして娘との接し方にも悩みを隠し切れない。家族の形態が多様化した現代とは異なり、タチとマヌエラの言動からは、母娘関係の難しさや二十世紀半ばの保守的な社会の特徴が浮かび上がってくる。

好奇心旺盛なタチには子どもらしい純粋な世界観がある。たとえば、あるとき遊び友だちから「お父さんいるの？」と訊かれたタチは、「いっぱいいるんだから」と答えて笑われてしまったことに違和感を抱く。それは母親が家に連れて来るいろいろな男性（母親の恋人）を父親だと思っていたからであり、馬鹿にされたことで初めて自分の発言が「普通」ではないと気づくのである。マヌエラはというと娘の大事にしている人形を引き合いに出し、人形に父親はいらないと頓珍漢な言い分で、タチを納得させてしまう。眼前に広がる海を見ながら「世界はどこにあるの？」と訊ねられたときも、寄り添って答えるのではなく「おバカさんなのね。世界はこれ全部でしょうよ」と半笑いの調子で言うのである。こうしたやり取りから見えて来るのは、子どもの世界を理解できない大人の姿であろう。

マヌエラに向けられる社会の冷たい視線は、汗水を垂らして縫物をしながらも代金が支払われず頭を抱える様子や、そういった事情を知りながら、大家が家賃の催促のために顔を出す場面に表れている。商売道具のミシンは担保として持って行かれずに済んだが、涙は堪えきれずに郊外へ戻ることを決意せざるを得なかった。都会から郊外への出戻りは後ろ向きの判断のように思えるが、星空を見上げて言葉を交わす母娘からは微かな希望も感じられるのである。

「サンバガールの死（A morte da porta-estandarte）」

ブラジル各地で毎年真夏に開催されるカーニバルに官能的なイメージが付きまとうのは、やはり肌を露出して汗を飛ばしながら踊るダンサーたちの姿のせいだろう。物語の主人公である黒人青年（名前は明かされない）もまた、サンバチーム「マドゥレイラ」の旗手（porta-estandarte）で恋人のホジーニャの身体に魅せられ、カーニバルの熱狂の渦の中、ひとり狂気的な愛を募らせている。サンバのリズムに合わせて揺れるチームの旗と踊り子の乳房。黒人青年の苦悩はつまるところ性の欲求であり、それを断ち切るべく彼が選んだ手段は恋人の生を奪うこと以外にはなかった。

舞台となるのは、リオデジャネイロ市中心部にあるオンゼ広場である。そこに各地区からブロッコ(bloco)と呼ばれる賑やかな路上パレード団体が集まり、男女が入り乱れるように開放的な気分で踊っていた。「ブラジル全土を探しても、熱気が籠っているこの恐ろしいオンゼ広場ほど生命の爆発や人の蠢きと雑踏とを持っている場所があろうか?」という描写からも伝わるとおり、現場は騒然とした一種のカオスとも呼べる空間を呈している。

そこに若い娘が殺されたという情報が飛び交い、広場は瞬く間に大混乱となる。母親たちは男たちがいかに豹変するか分かっているため、娘の大きな乳房に目を奪われ嫉妬に狂った恋人の仕業に違いないと断言する。娘が結婚前に性的な関係を持つことだけは是が非でも避けないといけないのだ。

黒人青年は自らの願いに反して広場にやって来たホジーニャを殺めることで、性の欲求による苦悩からは解放されたかもしれない。だが、旗を揺らすこともなくなったホジーニャを前にする支離滅裂な彼の叫び声がリオデジャネイロの空に虚しくこだまするのである。

ジョズエ・モンテロ(Josué Montello)は、一九一七年にマラニャン州サンルイス市でイタリア人の父親とポルトガル人の母親の間に生まれた。早くから文才を発揮して地元各紙に寄稿するようになり、一九三六年にリオデジャネイロ市へ移ると、文芸週刊誌『ドン・カズムッホ(*Dom Casmurro*)』の創刊に携わる。一九四一年、初めての小説となる『閉じられた窓(*Janelas fechadas*)』を出版。一九五四年、三十七歳のときにブラジル文学アカデミー(Academia Brasileira de Letras)の会員に選出されると、一九九四年から一九九五年にかけて同アカデミー総裁も務めた。一九六七年に発表した

『あるクリスマス・イヴに（Numa véspera de Natal）』は、のちに短篇集に収められた。小説以外にも、脚本や児童文学など幅広いジャンルを手掛け、およそ百六十もの作品を残した。こうした作家活動と並行して一九五〇年代からブラジル外務省の派遣により、ペルー、ポルトガル、スペインの大学で教鞭をとったほか、在仏ブラジル大使館で文化参事官、ユネスコブラジル政府代表部で大使を務めるなど外交官としても活躍。二〇〇六年にリオデジャネイロ市で死去した。

「明かりの消えた人生（Vidas apagadas）」

二十世紀のブラジル社会にあって、女性は若いうちに結婚をして子どもを産んで育て（仕事があれば辞めて）、夫を支えるというのが一般的な人生観だった。この道から外れることは、哀れな存在として社会から蔑まれることを意味する。婚約者に裏切られ、母親になる夢を叶えられないまま四十歳を迎えつつある主人公のメルセデスもまた、坂の上の教会で十九人もの子どもの代母となることで気を紛らわせている。

メルセデスは自分の人生を敬虔な行いに捧げてきたこともあり、坂の手前にある自分の家を「わたしの修道院なの」と言ってきた。つまり、現在においても彼女は「修道院」の自宅から毎日欠かさず坂を上って教会へ通うという閉鎖的な空間に閉じ込められている。過去を振り返って懐かしんだり、ふと現実に引き戻されて静かに人生を嘆いたりするのは、いつも坂道を上りながらである。しかも、年を重ねた今では途中で休憩を挟まなければならず、体力の衰えも隠せない。とはいえ、孤児たちの世話をすることがメルセデスにとっては安らぎ以外の何物でもなかった。

そうして慎ましく生きようとするものの、メルセデスが社会の冷たい視線に晒されているのはカルメンシッタとのやり取りにも表れる。自分と同じように婚約者に裏切られ人生に絶望する二十六歳のカルメンシッタを励まそうと声を掛けるが、思いもよらず酷い言葉で罵られてしまう。一瞬言葉を失うメルセデスではあったが、努めて冷静に彼女を宥めて一緒に涙を流すほかどうしようもなかった。

「あるクリスマス・イヴに（Numa véspera de Natal）」

マダレナとジョルジの結婚生活が四年も続かなかったのは、夫の女性関係が原因だろう。その相当な色男ぶりは結婚前からすでに発揮され、マダレナの元を去ってからも映画女優との再婚（交通事故で死亡）を経て、イタリアの伯爵夫人と三度目の結婚（結核で病死）までしているからである。スポーツ万能で、車を所有し、器量も良いとなれば、人を魅了しない方が不思議かもしれない。ところが、共に暮らしたアパートで三十年以上も元夫を想い続けるマダレナの言動は、恋愛や結婚に関する現代の価値観からすれば首をかしげたくもなる（ただし、二十世紀において、男性から見ればこうした女性像が理想とされ、当時の一定の読者層に受け入れられていた点には留意したい）。

一方、六十八歳になり老境に入ったジョルジは、マダレナの誘いに応じて訪れたアパートで嫉妬に駆られるわけであるが、これはやはり身勝手極まりないとしか言えないだろう。懐かしさに浸りながらかつてマダレナを捨てたことを後悔し、さらには寝室にあった古い男性用のスリッパを見つけて落ち込むのだから。彼女への遠慮から再婚したのかどうか言い出せないところは、せめてもの救いか。結局のところ、すべてはジョルジの取り越し苦労となり、一度は断ったクリスマスの深夜ミサにも一緒に出掛けるものと想像できる。
スリッパという簡単に捨てられるものを大事に持ち続け、自由奔放な男をまた受け入れようとするマダレナのような生き方は、もはや現代社会が許容しないものと思われる。こうした物語が今でもお読まれているのは、時代を証言する作品の一つとしての価値があるからであろう。

リジア・ファグンジス・テーリスは、一九二三年にサンパウロ市で生まれたが、幼少期はサンパウロ州内陸部の町を転々とした。八歳から五年間にわたってリオデジャネイロ市で過ごしたあと、故郷に戻って学業を続けることとなる。十代のころに発表した短篇集で高い評価を受け、一九四一年に入学したサンパウロ大学ではマリオ・ジ・アンドラージ（Mário de Andrade）やオズワルド・ジ・アンドラージ（Oswald de Andrade）らと知り合った。一九五四年に上梓した小説『石製のシランダ（*Ciranda de Pedra*）』は文芸批評家アントニオ・カンジド（Antonio Candido）らから激賞され、国内でその名前が知られるようになった。リジア・ファグンジス・テーリス自身も同小説を作家としての出発点と見なしている。一九六五年の第二作『水族館の夏（*Verão no aquário*）』でも高評価を受けると、一九六八年には当時の夫で映画批評家だったパウロ・エミーリオ（Paulo Emílio）と共に映画『カピトゥ（Capitu）』の脚本を執筆した（マシャード・ジ・アシス（Machado de Assis）の小説『ドン・カズムッホ（*Dom Casmurro*：武田千香訳『ドン・カズムッホ』、伊藤奈希砂訳『ドン・カズムーロ』）』が原作』）。一九七三年に発表した小説『女の子たち（*As meninas*：江口佳子訳『三人の女たち』）』では、翌年にジャブチ賞を受賞。一九八五年には、ハケウ・ジ・ケイロス（Rachel de Queiroz）に次いで、女性として二人目となるブラジル文学アカデミーの会員に選ばれた。また、ポルトガルとブラジルの両政府により設立されたポルトガル語圏文学の最高峰の文学賞カモンイス賞に輝いたことも特筆すべきである。二〇二二年四月、サンパウロ市で死去。九八歳だった。(作家の生年は一九一八年だったという一部報道があるが、ブラジル文学アカデミーの公式サイトに合わせて、本書では一九二三年とする)

「蟻(As formigas)」

日常生活を送っていると、科学的思考では理解し得ない突飛な現象に出会って戸惑うことがある。あり得ないものが目の前を通り過ぎたり、何もないのに音が聞こえたり。気のせいなのかもしれないが、実際に起こったのかもしれない。幻想小説で描かれる世界もまた、夢と現実の境界線が曖昧になって徐々に自分や周囲を信じられなくなっていく。

主人公は貧しい法学部生の「私(語り手)」と医学部生の従妹で、物語は彼女たちが薄気味悪い下宿屋(古びた屋敷)に到着したところから始まる。「黒鳥の羽よりも黒々としたかつら」を被った女主人に案内されたのは二階の屋根裏で、そこには小人の骨が入った箱があった。そこにはただ蟻の大群が入って行くばかりで、なぜだか戻っては来ない。「私」が小人の出て来る悪夢を見てからというもの、奇妙な現象を前に不安が高まる。

二人の性格は対照的だ。小人の骨に興味を惹かれた従妹は医学部生だからか、箱から骨を取り出して組み立てることに抵抗感はない。蟻の死骸が消えたことや、骨が徐々に小人の形になっていく様子を突き止めようとする。大学の勉強にも熱心である。一方、「私」はというと、小人の骨を気持ち悪がり、悪夢を見ては不安定な精神状態になってしまう。それなのに、同級生の結婚パーティーでは飲み過ぎて上機嫌で帰って来るような気楽な面もある。

彼女たちの言動は、理性的なもの（従妹）と感情的なもの（「私」）の揺れを象徴している。そうすると、冷静だった従妹が恐怖のあまり「私」を連れて出て行くのは、不思議な出来事に対する理性のもろさを映し出しているのだろう。

「肩に手が……（A mão no ombro）」

主人公の男は四十代（「まだ五十歳にもなっていない」）とまだ若いものの、時間の流れが止まった季節感のない庭にいる夢を見たことが自身の半生を振り返るきっかけとなり、徐々に死が不可避なものだと悟る。夢の中の不思議な庭から、現実にある自分の家での妻とのやり取り、そして出かけようと車に乗ったところで目の前に広がる夢の庭と同じ光景。各々の場面において、死を巡って懊悩する男の心理描写が生々しい。

夢の庭で男が見た「大理石の娘」は、男の身体と心を映す鏡のようだ。彼女の見た目はまだ若いにもかかわらず、指と指の間や鼻の左側が水で侵食され、小さな耳の穴からは毛虫が出て来る。また、男のいる場所は春か、夏か、秋か、冬かも分からないところで、ほとんど生命を感じさせない庭なのである。つまり、男もまだ身体的に若いとはいえ、死を連想させるものを目の当たりにして、これまでの日常生活が余りに平凡であったことを突き付けられる。否が応でも生と死を考えざるを得ない。

それは現実世界における妻とのやり取りでも変わらない。男が夢の話をしようと声を掛けても、美容のことで頭がいっぱいの妻は意に介そうとしない上、そもそも男の方でも共感は得られないと諦めている。それでも、朝のルーティンを惰性ではなく、「あらゆる動きの細部にも注意を払いながら」取り組むことにする。いつ死が訪れるか分からない。まだ心の準備はできていないと言うが、意識の変化ははっきりと感じ取れるだろう。

出かけようと車に乗ったところ、目の前に広がっていたのは夢の庭と同じ光景だった。男は焦るどころか、落ち着き払っている。肩に触れられても死に対する不安はもうない。自分から目を閉じて穏やかに受け入れる様はとても静かである。

オリージェネス・レッサは、一九〇三年にサンパウロ州レンソイス・パウリスタ市で生まれた。一九〇六年、家族に連れられてマラニャン州サンルイス市へ移住し、九歳まで当地で暮らすことになる。その間、宣教師だった父親の布教活動に付き添った経験は、小説『太陽通り（*Rua do Sol*：池上岑夫訳『太陽通りのぼくの家』）』となって結実する。サンパウロに戻った一九一二年にはプロテスタント系の神学校に入学したが、二年後には退学した。一九二四年に家族のもとを離れてリオデジャネイロ市へ移り教員として生計を立てながら、新聞に寄稿するようになった。リオデジャネイロ演劇学校で学んだあと、一九二八年にサンパウロ市へ戻ってゼネラル・モーターズ社広報宣伝部で翻訳担当を務めた。一九三二年には護憲革命に参加して投獄されたものの、地道に作家活動を続けた。米国ニューヨークでブラジル向けの番組編集に携わったあと、一九四三年にリオデジャネイロ市に戻って以降は長篇や短篇、ドラマ脚本などに精力的に取り組んだ。一九七〇年代からは児童文学にも力を注ぐようになり、およそ四十もの作品を発表して国内で人気を博した。一九三九年に発表した小説『フェイジョン豆と夢（*O feijão e o sonho*）』はアルカンタラ・マシャード賞を受賞し、一九七六年にテレビドラマ化もされている。一九八一年にはブラジル文学アカデミーの会員に選出され、一九八六年にリオデジャネイロ市で死去した。

「エスペランサ・フットボールクラブ（Esperança Futebol Clube）」

十九世紀末にイングランドからブラジルへもたらされたサッカーは、初め白人上流階級の瀟洒な娯楽として受容され、貧困層を占める有色人種が排除される人種差別的なスポーツだった。そのため当時の作家たちの中でも、混血の作家リマ・バレット（Lima Barreto）はその普及に異議を唱え、グラシリアノ・ハーモスもブラジル国内での定着に懐疑的な見解を示していた。ところが、混血や黒人たちを取り込みながらサッカーの大衆化が進むにつれて、熱狂する作家たちも現れ、短篇や新聞時評（クロニカ）、詩などを発表する。本書に収録されているアニーバル・マシャード（アトレチコ・ミネイロでプロ選手としての経験あり）やマルケス・ヘベーロ（Marques Rebelo）をはじめ、二十世紀半ば以降も、ジョゼ・リンス・ド・ヘーゴ（José Lins do Rego）やネルソン・ホドリゲス（Nelson Rodrigues）らがサッカーを重要な題材として取り上げている。この国におけるサッカーと文学の親和性には目を見張るものがある。

サンパウロ州北部の片田舎の町ブリチザルを舞台とするこの物語では、新興クラブのエスペランサが周囲の嫉妬を引き起こすほどの強さと人気を博す一方で、そのエースであるタルチッコにライバル心を燃やすリーリオFCの主力ネグロンの複雑な思いとサッカーへの情熱が描かれている。州都の強豪クラブと対戦するエスペランサの敗戦を期待していたにもかかわらず、負けているところを目の当たりにして違和感を覚える。最後にはチームメイトと共にネグロンがエスペランサの選手たちに声援を送る姿には、ここぞと言うときの団結の精神を育むサッカーの魅力が透けて見える。

「慰問（Viúvas, enfermos e encarcerados）」

原題は「未亡人、病人、囚人たち」であり、これらは語り手の父親である牧師が慰問する貧しい弱者たちである。その仕事に付き添って怖い体験をする様は、作者レッサが少年時代に実際目の当たりにしたものであろう。ハンセン病（作品中では訳語に「癩病」が使われている）に関する描写は、小説『太陽通り』にも出てきており、当時の体験はレッサ自身の心の中にいつまでも強烈な印象として残っていたに違いない。

確かに、大人になって子ども時代を振り返るとき、忘れられない出来事というものが誰しも幾つかあるだろう。この物語の語り手は六十年ほども前のことを「今でも変わらず身の毛がよだつ記憶」として、子ども心に覚えた感情をそのまま語る。ハンセン病患者に対して抱く語り手の気持ち（彼らを幽霊にたとえ、コーヒーが運ばれてきたときには青ざめて死にそうだったと言う）はあからさまに差別的ではある。とはいえ、弱者に寄り添いながら子どもにも配慮する言動に対し、牧師や父親としてのみならず、一人の人間として尊敬の眼差しを向け、人生のお手本にしようとしている点は見逃せない。

刑務所から出てきたセリドニオについても、語り手は彼に対する父親の接し方を通じて他者への思いやりを学ぶ。ひとつ興味深いのは、セリドニオが「後ろから三番目にアクセントのある言葉を好むこと」に気づくことであろう。これを文法用語では palavra preparoxítona と言い、palavra paroxítona（後ろから二番目にアクセントのある言葉）と違って特殊記号を付すことが多い。犯罪者の収容場所を指す言葉では、一般的には cadeia や prisão と言うことが多いと思われるが、あえて cárcere を使うところに惹かれ、語り手は彼に親近感を覚えるのである。

なお、二十世紀半ばまでブラジルではプロテスタントは少数派で、カトリック信者がほとんどを占めていたが、現在ではプロテスタント信者も増えている。カトリックの国というイメージが強い分、牧師が主人公の物語は興味深い。

ハケウ・ジ・ケイロスは、一九一〇年にセアラ州フォルタレーザ市で生まれた。十九世紀のロマン主義時代の作家ジョゼ・ジ・アレンカール（José de Alencar）は、母方の祖先に当たる。生後間もなくセアラ州内陸部のキシャダーにある農園に移り住んだが、一九一五年の大旱魃の被害を受けて、一九一七年にリオデジャネイロ市へ、その後はパラ州ベレン市にも住んだ。旱魃避難民の経験は、ハケウ・ジ・ケイロスが二十歳のときに発表した小説『15（*O quinze*：広川和子訳『旱魃』）』で生々しく描かれ、グラッサ・アラーニャ基金賞を受賞するなど当時の文学界から絶賛される。一九三五年、政治的迫害から逃れるためにアラゴアス州マセイオ市へ身を移すこともあったが、三十年代以降も精力的に活動し、『ジョアン・ミゲル（*João Miguel*）』や『石の道（*Caminho de Pedras*）』を刊行。一九三九年にリオデジャネイロ市へ移住すると、『三人のマリア（*As três Marias*）』を上梓した。ジョルジ・

アマード（Jorge Amado）、ジョゼ・リンス・ド・ヘーゴ、グラシリアノ・ハーモスら北東部地方出身の作家らと共に、地方主義作家としても名声を得た。演劇の脚本や児童文学を手掛けたほか、クロニカと呼ばれる新聞時評（フィクションの要素も帯びた文学ジャンル）では二千以上もの作品を残し、数多くのアンソロジーも編まれている。一九七七年に女性として初めてブラジル文学アカデミーの会員になり、一九九三年にはカモンイス賞も受賞した。二〇〇三年、リオデジャネイロ市で死去した。

「白い丘の家（A casa do Morro Branco）」

物語の舞台は「白い丘」と呼ばれる農場である。それを建てたのがブラジル北東部で発生した政治的混乱（ペルナンブコを中心とする分離独立運動）から逃れて来た男で、フランシスコ・マリア・アロウエと名乗った。この名前は十八世紀のフランスの啓蒙思想家ヴォルテールの本名であるフランソワ＝マリー・アルエ（François-Marie Arouet）から取られたものであろう。「白い丘」の周辺住民たちは彼をシッコ・アルエッチと現地のポルトガル語発音で呼び変え、その風変わりな様子から悪魔と契約を交わしているなどと噂をして気味悪がる。ヴォルテールが人間の理性を信頼して社会の狂信を批判したことを鑑みれば、シッコ・アルエッチを根拠なく殺人者と決めつけてしまう人々は宗教的迫害にみる不寛容な精神の象徴でしかない。

シッコ・アルエッチが息子をジョゼ・スパルタクスと名付けたのも示唆的である。つまり、共和政ローマ期にローマ軍と剣闘士奴隷が戦った第三次奴隷戦争の別名がスパルタクスの乱であり、ヴォルテールは抑圧と解放を目指してスパルタクスが指導したこの出来事を「正しい戦争」と評価しているのである。物語のスパルタクス（パターコと呼ばれる）もまた、父親と同じく人々から奇異の目で見られ、三度目の結婚をするために二番目の妻を毒か魔術で死に追いやったと言われてしまう。

孫のフランシスコ・マリア（スパルタクスの二番目の妻の子で、シキーニョと呼ばれる）の時代になると、存在するのかすら曖昧な噂の埋蔵金を巡って三番目の妻が醜い執着を見せる。最後、シキーニョは見知らぬ者の集団に殺されてしまうが、金がどうなったのか誰も分からない。死刑の憂き目に遭ったジャン・カラスの冤罪を晴らすために奔走したヴォルテールからすれば、シッコ・アルエッチからジョゼ・スパルタクス、そしてフランシスコ・マリアの三世代は、迷信に溺れた愚かな人間たちの犠牲者と映るであろう。

「タンジェリン・ガール（Tangerine-girl）」

第二次世界大戦の最中、ブラジル北東部の都市ナタウに海軍基地が建設され、多くのアメリカ兵が活動した。当時のヴァルガス大統領はアメリカ合衆国との経済関係を強化するため、一九四二年に連合国側への支持を表明していたのである（アメリカ国外における最大規模の軍事基地パルナミリン・フィールドは、一九四六年にブラジルへ引き渡されてナタル海軍基地に統合）。こうして二十世紀半ば以降、ブラジルにおけるアメリカの影響力は経済面に留まらず、文化面においても強くなっていく。赤毛の少女「タンジェリン・ガール」が、飛行気球のアメリカ水兵に憧れ、熱心に英会話を勉強したり、二枚目俳優に見立てたりする様子は象徴的だろう。上空に浮かぶ「ブリンプ」をうっとりして見上げ、落ちて来た贈り物（特にマグカップ）を嬉しがる地上の「タンジェリン・ガール」という構図もまた、両国の力の上下関係を映し出している。

そもそも、アメリカ水兵たちが赤毛の少女を「タンジェリン・ガール」と呼び始めるのは、ずいぶん安易な理由からである。いわく、彼女がいつもオレンジ畑で待っていたからだとか、映画に出て来たドロシー・ラムーアのイメージからだとか、何とも曖昧なのである。一方、拙いポルトガル語交じりで書かれたダンスとショーの招待状を見た少女は、「P.M.」の文字を見て、「ピーター、ポール、それともパッツィ？」と、ひとり夢見心地な気分に浸ったあと、それが午後という意味だと分かって気を落としてしまう。無防備だとも言える少女の憧れの気持ちから垣間見えるのは、両者の関係がどこまでも下（ブラジル）から上（アメリカ）への一方通行でしかないことである。

マルケス・ヘベーロ（本名エジ・ジアス・ダ・クルス）は、一九〇七年にリオデジャネイロ市で生まれた。四歳のときにミナスジェライス州バルバセナ市へ移住するが、一九一八年か一九一九年ごろに地元へ戻った。五歳のときにほとんど一人で文字を覚え、小学生のころからフランス文学やポルトガル文学を含む国内外の文学作品を読み耽る。兵役に就いていた一九二七年ごろから短篇小説を書き始め、一九三一年に初めての短篇集『オスカリーナ（*Oscarina*）』を発表した。ヘベーロ自身が生まれたリオデジャネイロ市北部ヴィラ・イザベル地区のような、郊外に住む人々や素朴な風景が描かれている。一九三九年に上梓した小説『星は昇る（*A estrela sobe*）』はベストセラーとなり、一九四二年には短篇集『扉を開けてくれたステラ（*Stela me abriu a porta*）』も刊行した。ヘベーロはサンパウロの近代主義作家らとは距離を置き、北東部地方主義文学の流れを汲む社会派の作品を残している。

一九六四年にブラジル文学アカデミーの会員に選出。同アカデミーのサイトによると、本名ではなく筆名で活動する理由について、当時の中心的な文学界に批判的な態度をとることで家族に迷惑をかけたくなかったと語っている。一九七三年、リオデジャネイロ市で死去した。

「嘘の顛末（Caso de mentira）」

子どもの頃から嘘は罪悪だと教えられるわけだが、大人になった兄の「僕」が十歳のときの出来事をいつまでも忘れられないのは、そう単純な理由からではないだろう。父親が大事にしていた薩摩焼の花瓶をふざけて壊してしまった弟のアルイジオは、持ち前の想像力を駆使して物語をでっち上げて父親を大いに喜ばせた。一方、「僕」はというと、どこにでもある父親の水差し（ただし、父親専用のこだわりのもの）をうっかり割ってしまい、弟と同じやり方で窮地を乗り切ろうとするが、話の途中で「この嘘つきが！」と怒鳴られて平手打ちまで食らう。そこには典型的な家父長制社会にあって、絶対的な存在として君臨する父親像が見て取れる。

明らかに高価な薩摩焼の花瓶と蟻の数ほどある水差しとの対照性が、兄弟に対する父親の態度と交錯している点が面白い。また失敗をごまかそうとする言い訳が嘘によるものとなれば、なおのこと嘘の顛末が鮮やかに突きつけられる。結局のところ、大人の「僕」がずっと胸に抱えているのは、権力者をおもねるような巧みな嘘がつけるか否かによって運命が分かれる人間社会の複雑さであり、現実の世の中はなんとも理不尽なものだということである。そんな「僕」にとっては、「嘘つきは泥棒の始まり」は虚構に過ぎず、「嘘も方便」という生き方が真実なのだろう。

「扉を開けてくれたステラ（Stela me abriu a porta）」

リオデジャネイロの町を歩いて驚くのは、まず生々しいほどの「差」が厳然と目の前に広がっていることではないか。高層マンションに住んで煌びやかな生活を送る人々がいる一方、都心を少し離れた郊外には質素な家で糊口をしのぐ住民らの姿がある。

語り手の「私」が惹かれるのは、家庭の経済事情から初等課程を修めることもできずに裁縫助手をしているステラである。彼女の今の雇い主マダム・グラッサが「私」の母親の友人であったことから、「私」がドレスを受け取りに行った際に知り合った。暗褐色の肌をしたステラは「ちょっと道を踏み外しちゃったの」と明るく振る舞い、「私」に対して「勉強は続けなきゃ駄目。卒業するのよ」と言う。自分の力ではどうにもできず、学びの機会を奪われたステラの言葉だけに重みがある。そして、お針子としての生活の苦しさは、ステラ自身の口から明かされるように、給料の未払いや交通費の負担に耐え切れず職場を二転三転していることに表れている。

仲を深めた二人の関係は長くは続かない。どこかに逃げ出したいというステラに対して、なぜだか「私」は引き留めの言葉をかけなかった。小さな橋の上で「永久に打ち付けられたかのように」動けなくなる二人は、別の場所には行けない運命にある。つまり、女性であること、郊外に住む貧しい階級であること、混血という人種であることが、「普通」の社会の一員になる上での足枷であると仄めかされているのだ。

＊

翻訳の底本には、Aníbal Machado [et al]. *O melhor do conto brasileiro.* Rio de Janeiro: José Olympio, 1979. を用いた。ただし、二〇〇三年刊行の第十三版ではリジア・ファグンジス・テーリスに代わってハケウ・ジ・ケイロス、二〇一三年刊行の第十九版ではオリージェネス・レッサに代わってマルケス・へべーロの作品に各々入れ替えられており、今回はそれらも含めて「傑作短篇集」とした。なお、訳者が確認できたものとして、十二篇のうち次の三篇には広川和子氏による既訳がある（作者名のカタカナ表記は本書と異なる）。

アニバル・マシャド「サンバのシンフォニー」（『ブラジル文学短篇集』新世界社）
リジア・ファグンデス・テレス「あり」（『サンパウロ文学短篇集』新世界社）
ラケル・デ・ケイロス「タンジェリン・ガール」（『ブラジル文学短篇集』新世界社）

『ブラジル文学短篇集』は一九七九年、『サンパウロ文学短篇集』は一九八三年にそれぞれ刊行されており、現在では図書館や古書店でない限り入手するのも容易ではない。翻訳されてから四十年あまり経過している点でも、今回新訳する意義は十分にあると判断した。

なお、この「訳者あとがき」を執筆するにあたり、ブラジル文学事典やインターネット上で取得した論文を参照したほか、各作品の訳者とも意見交換を行った。

本書は二〇二一年度に始まった京都外国語大学の学内共同研究「ブラジル短編小説アンソロジーを編む――二十世紀ブラジル社会の再構築の試み」の成果で、国際言語平和研究所から助成を受けて刊行されるものである。冒頭でも述べたとおり、ブラジル文学が日本人読者の手の届きやすいところになりつつある今、六名の作家の短篇を二篇ずつ紹介できることは望外の喜びとしか言えない。これら十二作品をきっかけに、また新たな作家や作品との出会いにつながれば幸いである。

学内共同研究を立ち上げた当初、東京外国語大学の武田千香先生にご相談したところ、独立二〇〇周年の記念事業として現代ブラジル文学コレクションの一冊に加えてはどうかと、ありがたい言葉をいただきました。この場を借りてお礼を申し上げます。また、水声社の編集部の村山修亮氏には、お忙しいところ本書の刊行に向けて力を尽くしてくださいました。心からの感謝を表します。

二〇二三年一月十三日

訳者を代表して
岐部雅之

著者／訳者について――

アニーバル・マシャード（Aníbal Machado）　一八九四年にミナスジェライス州ベロオリゾンチ市近郊の町で生まれ、一九六四年にリオデジャネイロ市で没する。高校教員や検察官を経て、五十歳を前に初めての短篇集『幸せな生活（*Vida feliz*）』を刊行した。同書に収録の「サンバガールの死（A morte da porta-estandarte）」や「タチという名の少女（Tati, a garota）」は映画化もされた。

ジョズエ・モンテロ（Josué Montello）　一九一七年にラニャン州サンルイス市で生まれ、二〇〇六年にリオデジャネイロ市で没する。一九三六年にリオデジャネイロ市へ移り、『閉じられた窓（*Janelas fechadas*）』を発表した。一九九四年から二年間にわたりブラジル文学アカデミーの総裁を務めたほか、在仏ブラジル大使館やユネスコブラジル政府代表部で外交官としても活躍。

リジア・ファグンジス・テーリス（Lygia Fagundes Telles）　一九二三年にサンパウロ市で生まれ、二〇二二年にサンパウロ市で没する。小説『石製のシランダ（*Ciranda de Pedra*）』は文芸批評家アントニオ・カンジド（Antonio Candido）らから激賞され、『三人の女たち（*As meninas*）』ではジャブチ賞を受賞。そのほかの作品も国内外で様々な文学賞に輝いている。一九八五年には、ハケウ・ジ・ケイロスに次いで、女性として二人目となるブラジル文学アカデミーの会員に選ばれた。

オリージェネス・レッサ（Orígenes Lessa）　一九〇三年にサンパウロ州レンソイス・パウリスタ市で生まれ、一九八六年にリオデジャネイロ市で没する。宣教師だった父親の布教活動に付き添った幼少期の経験は、後に小説『太陽通り（*Rua do Sol*）』となって結実する。一九七〇年代以降は児童文学にも力を注ぎ、四十余の作品を発表。一九八一年にブラジル文学アカデミーの会員となった。

ハケウ・ジ・ケイロス（Rachel de Queiroz）　一九一〇年にセアラ州フォルタレーザ市に生まれ、二〇〇三年にリオデジャネイロ市で没する。二十歳のときに発表した最初の小説『15（*O quinze*）』は国内で高く評価され、グラッサ・アラーニャ基金賞を受賞。一九七七年に女性として初めてブラジル文学アカデミーの会員に選出された。ポルトガル語圏の文学賞として権威あるカモンイス賞についても、一九九三年に女性初の受賞者となった。

マルケス・ヘベーロ（Marques Rebelo）　本名エジ・ジアス・ダ・クルス（Edi Dias da Cruz）。一九〇七年にリオデジャネイロ市で生まれ、一九七三年にリオデジャネイロ市で没する。一九二〇年代から短篇を書き始め、初の短篇集『オスカリーナ（*Oscarina*）』を発表。同市の郊外に生きる人々や風景を描いた。また、小説『星は昇る（*A estrela sobe*）』はベストセラーとなった。一九六四年にブラジル文学アカデミーの会員に選出。

＊

伊藤秋仁（いとうあきひと）　京都外国語大学大学院外国語学研究科ブラジルポルガル語学修士課程修了。現在、京都外国語大学教授。専攻はブラジル地域研究、ポルトガル語学。主な著書に、『ブラジル国家の形成』（共著、晃洋書房）、『ブラジルを知るための50章』（編著、明石書店）、主な訳書に、ドラウジオ・ヴァレーラ『カランジル駅――ブラジル最大の刑務所における囚人たちの生態』（春風社）などがある。

神谷加奈子（かみやかなこ）　愛知教育大学教育学部卒業。翻訳家。訳書に、ドラウジオ・ヴァレーラ『移民の町サンパウロの子どもたち』（共訳、行路社）がある。

岐部雅之（きべまさゆき）　京都外国語大学大学院外国語学研究科博士後期課程満期退学。現在、京都外国語大学講師。専攻はブラジル文学。主な論文に、「『ポリカルポ・クアレズマの哀しき最期』における狂気と懐疑」（『ブラジル研究』第一五号、大阪大学外国語学部ブラジル研究会）、主な翻訳に、「リマ・バレット『カリフォルニア異聞』」（『*Ignis*』第一号、京都外国語大学国際言語平和研究所）、「リマ・バレット『クラーラ・ドス・アンジョス』」（『*Ignis*』第二号）などがある。

平田惠津子（ひらたえつこ）　カリフォルニア大学ロサンゼルス校. C.Phil. degree。現在、大阪大学大学院教授。専攻はブラジル文学。主な論文に、「文学に見るブラジルの姿（一）――ロマン主義の場合」（『ブラジル研究』第一〇号、大阪大学外国語学部ブラジル研究会）、「文学に見るブラジルの姿（二）――『マルチン・セレレ』の場合」（『ブラジル研究』第一五号）、翻訳と解題に、「マシャード・デ・アシス“Pai contra mae”――奴隷制と文学」（『ブラジル研究』第一七号）などがある。

フェリッペ・モッタ（Felipe Motta）　大阪大学大学院文学研究科博士後期課程満期退学。博士（文学）。現在、京都外国語大学講師。専攻は日系ブラジル移民史、移民研究、国際日本学。主な著書に、『移民が移民を考える　半田知雄と日系ブラジル社会の歴史叙述』（大阪大学出版会）、『戦後日本の「帝国」経験――断裂し重なり合う歴史と対峙する』（共著、青弓社）、『日系文化を編み直す――歴史・文芸・接触』（共著、ミネルヴァ書房）、主な訳書に、ドラウジオ・ヴァレーラ『移民の町サンパウロの子どもたち』（監修、行路社）などがある。

本書の出版にあたり、ブラジル外務省ギマランイス・ホーザ文化院の助成金を受けた。
Obra publicada com o apoio do Instituto Guimarães Rosa do Ministério das Relações Exteriores do Brasil.

ブラジル文学傑作短篇集

二〇二三年三月一五日第一版第一刷印刷　二〇二三年三月三〇日第一版第一刷発行

編者——岐部雅之

訳者——伊藤秋仁＋神谷加奈子＋岐部雅之＋平田恵津子＋フェリッペ・モッタ

装幀者——宗利淳一

発行者——鈴木宏

発行所——株式会社水声社

東京都文京区小石川二—七—五　郵便番号一一二—〇〇〇二

電話〇三—三八一八—六〇四〇　ＦＡＸ〇三—三八一八—二四三七

［編集部］横浜市港北区新吉田東一—七七—一七　郵便番号二二三—〇〇五八

電話〇四五—七一七—五三五六　ＦＡＸ〇四五—七一七—五三五七

郵便振替〇〇一八〇—四—六五四一〇〇

URL : http://www.suiseisha.net

印刷・製本——精興社

ISBN978-4-8010-0721-5

ブラジル現代文学コレクション

編集＝武田千香

エルドラードの孤児　ミウトン・ハトゥン　二〇〇〇円
老練な船乗りたち　ジョルジ・アマード　三〇〇〇円
家宝　ズウミーラ・ヒベイロ・タヴァーリス　一八〇〇円
最初の物語　ジョアン・ギマランイス・ホーザ　二二〇〇円
あけましておめでとう　フーベン・フォンセッカ　二五〇〇円
九夜　ベルナルド・カルヴァーリョ　三〇〇〇円
乾いた人びと　グラシリアノ・ハーモス　二〇〇〇円
ニホンジン　オスカール・ナカザト　二〇〇〇円
三人の女たち　リジア・ファグンジス・テーリス　三〇〇〇円
曲がった鋤　イタマール・ヴィエイラ・ジュニオール　三〇〇〇円
ブラジル文学傑作短篇集　アニーバル・マシャードほか　二〇〇〇円

［価格税別］